美女入門プレイバック
災い転じて美女となす

林 真理子

マガジンハウス

美女入門プレイバック

災い転じて美女となす

目次

林真理子 小学校の作文　11

少女の岐路

林真理子　中学校の修学旅行記

純情な時代

林真理子 高校文学部の作文 169

青春の落とし物

スペシャル対談

AKB48大島優子×林真理子 桃栗三年美女八年、待てば綺麗の日和あり！ 235

美女入門プレイバック

災い転じて美女となす

林真理子　小学校の作文

かりん

加納岩小学校二年　林まりこ

きいろい　まるい
　ふとった　からだ
どこから　見ても
　まあるい　からだ
中には　おいしい　みが
　はいっているから　ふとってる
かりんは　みかんの
　おすもうさん

――文集「青い雲」より（昭和三十六年度）

わたしの家

加納岩小学校三年　林まりこ

かいだんを、トントン、上がれば、だれだって、びっくりします。二かいは、まるで、おとぎの国みたいです。

弟の、お気に入りのロボットが「やあ、いらっしゃい。」と、いっているみたいです。そして、小さな、三面きょうが、来た人の顔をうつします。「わあっ、すごいなあ」わたしはさっそく、じまんの、とても、大きい、ままごとを出します。

だれだって、こんな、すばらしい、へやをもって、いないでしょう。ひき出しは、チョコレートや、おかしで、いっぱいです。

本立には、本が、いっぱい、つまっています。そして、タンバリンや、カスタネットのがっきが、あります。

けれど、こんな、たのしい、へやも、わたしと、弟の、けんかの場所に、なります。

「なんだ、おねえちゃんの、バカ。」

「へへーんだ。なんだ、ブタ。」

やがて、とっくみあいが、はじまります。けれど、年の、せいか、いつも、わたしがかちます。

けれど、一つ、つごうの、わるいことが、下で、お茶を、のんでいる、おかあさんに、きこえるのです。

あとで、大目玉を、もらう、わたしの、そばで、「ニヤニヤ」わらいながら、お茶がしを、つまんでいる、弟を、見ると、とても、にくらしくなります。

おせっきょうが、終わると、すぐ、かし入れを、見ると、わたしの、大すきな、ブドウカステラは、かげも、形も、ありません。（ハハーン、これは、かずおが、もって、いったのだな）と、思って、急いで、サンダルをはいて、にわへ、行くと、もしきの、かげでかずおが、おいしそうに、カステラを、たべていました。「かずお！」わたしが、大きな、声で、いうと、弟は、びっくりして、にげようと、しました。わたしは、ようふくの、えりくびを、つかんで「おかし、持ってるんでしょ。」と、きつい声で、いうと「うん」と、いって、ブドウカステラを、三、四つ、出しました。

わたしは、ちょっと、弟が、かわいい、気が、したけれど、だまって、かずおの、頭をたたきました。

その夜、おかあさんに「もっと、かずおを、かわいがらなきゃ。あんないい、弟は、めったに、ないよ。」といわれました。

わたしは、きえそうな声で、「うん」と、いって、もう、夜もふけた、おとぎの国へ上がって、いきました。

——文集「青い雲」2より（昭和三十七年度）

少女の岐路

セーラー服と毛糸のパンツ

女の子がいちばん小汚くなるのは、中学生の時だと思う。

体中からいろんなものが突然吹き出してくるという感じで、ニキビは出てくるわ、フケは多くなるわ、贅肉もついてくる。何か体中、分泌物だらけで、ちょっと不潔にしているとにおってくるほどだ。この時期をうまくやり過ごすかどうかが、美少女になれるかどうかの分かれ道でもある。

ちょうど三十代半ばになる頃、女が「いい女」「おばさん」に二分化されるように、十二、三歳の少女たちにも分別の時がやってくる。小学生の女の子などそれこそガキで、可愛いとかモテるといっても知れたものだ。それが中学生になったとたん、女は初めて男によって選別される。「カワイイコ」か「ブス」かに分けられるのだ。

思い出にないだろうか。中学校に入ったとたん、校門や廊下で上級生の男たちから露骨な視線をあてられる、聞こえるような声で、ああだ、こうだと批評をされる、あれは女の子たちにとって、初めての試練であろう。

私はショックだった。当時私は幼なじみから発展した仲よし三人組がいたのであるが、私を除いて他の二人は実はとても可愛いということを知ったのだ。ついこのあいだまで同じようにハナをたらし、毛糸のパンツを見せ合っていた彼女たちなのに、野球部の上級生から呼び出されたり、ラブレターを貰ったりし始めたのである。

「どうやら私には、そういうことは一度も起こらないらしい」

と十三歳の私はしみじみと思った。なんだ、遅いじゃないと思う人もいるだろうが、昔の中学生はオクテだったのである。

そして居直る、というのではないけれども、私はどんどんババっちくなっていった。本当に汚かったと思う。三年間同じ制服を着続けたのである。思春期の制服というのは、そもそも汚いものである。冬服と夏服の二種類とを、ほぼ毎日着るのだ。寝押しをしたり、アイロンをかけたりするのがかえって裏目に出て、どの子の制服もピカピカアイロン光りしていた。セーラー服の襟の回りは、白っぽくなっている。

私は当時からだらしなく、昨日のソックスも平気で履いたし、髪もボサボサにしていた。当然モテるわけもなかったけれども、この年頃というのは、恋に目覚める時でもある。思い切り汚い格好をしているくせに、私の目は特定の男の子を追い求め、その子のことを日記に書いたりするのである。

本当にうざったらしい女の子だったろう。けれどもそういう中で、ひと足早く脱皮をとげていく女の子は何人かいた。眉を整え、美しい肌をキープし、きちんとリップクリームを塗っている女の子。

「こっそりお化粧してるんだよ」

と陰口をささやかれるような女の子。私は、いや私たちのグループの女の子は、どうして彼女のことをあれほど嫌ったりしたんだろうか。

自分たちよりも早く、大人になった彼女のことを許せないと思ったのであろうか。誰かが言っていた。中学生というのは、子どもの終わりであり、大人の始まりであるのだと。登校拒否やイジメなど、子どもをめぐるトラブルは、みんなこの時期に起こっている。

汚い汚い制服を着、ニキビだらけの頬をして、それでも恋に憧れていた女の子。内側もどろどろしたものがたまっていた。

「多感」とはよく言ったものである。

今、地方でも都会化が進んでいて、中学生の女の子たちも一様にキレイに垢ぬけてきた。すっきりと顔の手入れもしていた。けれども思春期だからたまった多くのものは、彼女たちに生まれているのか。子どもの頃から、すっきりと整理されている身と心に、いったい何が宿るのだろうか。

少女の魂

言うまでもなく、私は美少女とはほど遠い存在であった。アイロン光りでピカピカする制服を着、眉のカットをすることもない野暮ったい高校生に、声をかけてくれる男など誰もいなかった。昔の日本の高校生など、今の子が見たら吹き出してしまいそうなほど純で素朴であるが、それでも男女交際をする人は出てくる。

「あの人から手紙をもらった」

「呼び出されてつき合ってくれと言われた」

などという言葉を聞くたびに、私の心は張り裂けそうになった。

「私は一生のうち、一回でも恋をすることがあるんだろうか。男の人に愛されるんだろうか」

という不安である。

思春期とはよく言ったもので、十三、四歳ともなると、甘く強いものが私を苦しめるようになった。それは自分でもコントロール出来ない、強いわけのわからない力である。

中学生でその力が動き出し、具体的な形を取り始めるのが高校生の頃ではないだろうか。私は何人かの男の子を好きになった。生徒会の役員、サッカー部のスター選手などという目立つ男の子ばかり選んだのは、憧れというよりも諦めの心があったからだろう。どうせ私など相手にしてくれるわけがない。だったらうんと高嶺の花を、というこの考えは高校生にしてはかなり屈折している。

今考えてみると、私の男の人に対する独特の接し方は、既にこの頃形成しているようだ。友人は言う。

「女というのは、十五歳の時にどういうポジションにいたかということですべてが決まってしまう」

つまりモテていつも優位に立っていた女の子は、その後も似たような人生を歩む。もし途中でちょっと違った方向に行ったとしても、モテていたという記憶は、彼女をプライドの高い女にする。もし年頃になって、かなりの向上が見られるようになったとしても、十代の時につらいめに遭った女は、やはり卑屈さをひきずってしまうという持論だ。

私はなるほどと思った。私のこの一種のマゾっ気。男にひどいめに遭わせられても仕方ない。どうせこの恋が成就するはずはない、いつか私は捨てられる、という精神構造は、たぶん高校生の時につくられたものであろう。

さて高校三年間で、私が特に心を寄せたのはサッカー部のスター、A君であった。当時、「文武両道」が自慢だったわが高校は、スポーツも出来るが成績もいい、という生徒が多く、彼はサッカーをやりながら東京の国立大学に入学した。卒業後、ふつうの企業に就職したのであるが、考えがあってブラジルに渡ったと聞いたことがある。

こんな話を以前テレビでしたところ、A君のお母さんが見ていたらしい。まだブラジルで独身でいるから、つき合ってくれないか、という電話があったのだ。私もまだ独身ゆえにちょっと興味を持ち、リオのカーニバルに行った際、サンパウロで会った。あちらの銀行に勤めていた彼は、日系人のフィアンセがいた。ちょっとしたオチがついた私の片思いの物語である。

あれから私は何度か恋をした。独身が長かった分、つき合った男の人もそう少ない方ではないかもしれない。私が積極的に出たこともあるが、あちらから熱心にアプローチがくることもあった。そういう時、私はいつも「ほうー」という気持ちになる。こういう男の人に、さえない少女時代の私を見せたくなるのだ。

「本当に私でいいの？」

と大きな声で問いたくなる。そして「もったいない」という意地汚さで、私はあまり男の人を拒否しなかった。それどころか「愛している」という気持ちを徐々に自分の手でつくるようにする。その結果、あちらをいい気にさせ、つらい破局を迎えることになる。いつもこんな恋ばかりしてきた。

本当に十五歳の少女期というのは、大切なことだ。

彼女の居場所

A子は変わり者と言われていた。

成績もよい美少女なのに、全くそのようにふるまおうとしなかったからである。

初めて彼女のことを深く心にとめたのは、体育館の倉庫でひとり弁当をつかう姿を見た時である。弁当箱はアルマイト箱で、新聞紙でくるまれている。とても年頃の女の子の持つ弁当とは見えなかった。彼女はそれを、跳び箱とマットの間で悠然と食べていたのである。

「どうして教室で食べないの」

私は尋ねた。

「クラスのみんなが大っ嫌いだから一緒に食べたくないの」

当時私が通っていた高校は、県内屈指の進学校で生徒は成績によってクラスが分かれていた。彼女がいたのは、文系の成績上位者のクラスである。しかしA子に言わせると、みんなお高くとまっていて、本心を決して打ち明けようとはしない。他の人を蹴落としても、いい大学に入りたいと思っている連中ばかりだという。そんな中に入って弁当を食べるくらいならと、いろんな場所を探していたのだという。

「それなら、うちのクラスに来ればいいじゃん」

私は誘い、隣りに席をつくってやった。

それから彼女は毎日昼休み、私のクラスにやってくるようになった。やがて心を打ち明け合い毎晩長電話をするほどの仲になるのに時間はかからなかった。髪が長く目が大きいという、典型的な美少女でありながら、彼女は非常にさばさばした男っぽい性格であった。前歯の隙間に金を埋めていたのは、当時でも珍しかったかもしれない。とにかく身のまわりには構わないコで、そのあたりも私と気が合ったのだ。

私は「秀才クラスの美人」という、思いもかけない友人を手に入れることが出来、かなりうきうきしていたと思う。それまでの私ときたら、自分と同レベルのさえない女の子と何とはなしにつき合うか、華やかな少女の家来となるか、このどちらかであったからだ。

高校を卒業しても私たちのつき合いは続いた。私は二流の私大に入り、A子は東京での浪人生活の後、志望校を落ちて地元の国立大学に入った。教師になるための学部が不満らしくよく愚痴をこぼしていたが、すぐに恋人も出来、学生生活はそれなりに楽しかったらしい。

彼女は東京郊外の小学校の教師となり、私は長いアルバイト生活に突入する。

こんな時に私は彼女に借金を申し込んだのである。確か海外旅行に行くためだった。それまでの不運続きの人生にピリオドをうちたくて、起死回生のチャンスを狙った旅であった。十万円という、当時の私たちにとっては大金を、ボーナスが出たばかりだからと彼女は快く貸してくれたのである。

そのお金を私は長いこと返さなかった。海外旅行から帰ってきても、私の人生に一向に好転の兆しは見えなかったからである。

そんな時、彼女から電話がかかってきた。いつもの男っぽい口調が、言いにくさのためにすごい早口になっていたのを憶えている。もうじき結婚するから、あの十万円を早く返して欲しいという用件だった。

私は恥ずかしさのためただ謝るばかりだった。大切な友人から借りた金をほったらかしにするなどというのは、最低の人間のする行為だと心から思った。私は旧友ということで甘え過ぎていたのだ。

四日後何とか工面した金を持ち、私は町田市の小学校を訪ねた。職員室で待っていると、ジャージ姿で歩いてくるA子が見えた。彼女のまわりを帽子をかぶった小学生が囲む。その時、不意に涙が溢れてきた。

彼女は同級会で再会したクラスメイトと婚約をしていた。あれほど嫌っていた級友だったのに、東京でエリートとなった彼らのひとりとすんなり結ばれるのだ。

彼女だけがまっとうな人生を歩み始めているのがはっきりとわかった。もう私たちは別々に生きているのだとしみじみとわかったのである。

あの日のスターたち

昔、どの地方にもあった名門県立高校の清々しさ、楽しさをどう言ったらいいだろう。

私立高校の台頭や総合選抜で、今は見るかげもないらしいが、私の母校は当時その地方きっての進学校であった。そればかりではない。旧制中学の流れをひくその学校は、「文武両道」がモットーである。勉強ばかりしている者は軽蔑される。いちばんカッコいいのは、スポーツ部のスターでありながら、さりげなく現役で国立や名門私立に入ることであった。

陸上部のA君、サッカー部のB君と、何人かの名前を挙げることが出来る。放課後彼らがグラウンドで走りまわり始めると、私たち女生徒は窓際に寄ってめあての男の子たちを眺めたものである。

中でもいちばんのスターは、ラグビー部のフジワラである。彼のことは私のエッセイや小説にもたびたび出てくるので、ご存知の方もいるだろう。高校一年で全日本に入り、イギリス遠征を果たした。彼がイギリスに旅立つという日、クラスメイトの何人かは田舎の駅で見送った。その頃私は、彼とそう親しいというわけでもなかったが、駅前に住んでいるということで駆り出されたのだ。

「お前《まえ》んとう、校歌を歌えや」

駅のホームで、担任の教師が命じる。いがぐり頭の体育教師である。

私たちは腰に手をおき、左手を振り上げる。校歌を歌う時のポーズだ。そして大正時代につくられたまま、変わることのない古めかしい校歌を口ずさんだ。フジワラ君はさぞかし恥ずかしかったことであろう。

はっきり言って、彼は高校の成績はイマイチであった（なにしろ私と同じクラスだったのだ）。けれどもスポーツ推薦枠で難なく早稲田に入り、その後大活躍していく。

そしてその他の男の子たち。私たち女の子にとって、まさしくアイドルだった男の子たちを、私は何人も思い出すことが出来る。

七月の県立野球場。私たちは応援に駆り出されている。高校の野球部は何度か甲子園に出場しているぐらいなのであるが、この三、四年は調子がよくない。いつもベスト4ぐらいで負けてしまう。

けれども、今年は違う。もの凄いピッチャーがいるのだ。制服姿の私たちは、彼の名前を必死で叫ぶ。ガクラン姿の応援団も、拍子をつけて踊り出す。彼の名を織り込んだ歌を歌いながら。

私たちの高校はラグビーで全国的に知られていたが、やはり野球部の華やかさは特別のものだ。シーズンになれば、全生徒応援の練習を始め、野球場へ出かける。その中でエースときたら、もはや最高のスターである。

「――！　――！」

私は何度彼の名を、節をつけて叫んだだろう。

そして年が明けた。最上級生たちの卒業が近づいてくる。クラブの先輩は進学せずに、郵便局に就職すると聞いた。成績はよかったのだが、彼のうちは東京の大学へ進む余裕はない。地元の国立ならばと条件をつけられたが、そこを落ちたのだ。それぞれの家に、それぞれの事情があるのだとぼんやりと思った。

そしてうちの店番をしていた私は、

「おはようございます。――金庫の――です」

という声に顔を上げた。あのピッチャーがワイシャツ姿で立っている。彼も進学せずに信用金庫に勤め、集金係になっていたのだ。

輝かしい夏もいつかは終わる。何人ものスターたちが、卒業すると魔法がとけていく。ただの若い社会人になり、私の身近な人間になる。あの頃、私はそれがたとえようもなくせつない哀しいことに思えた。

夢の東京生活

東京へ行きたかった。

本当に本当に行きたかった。あの街へ行きさえすれば、素敵なことがいっぱい起こると信じていた。その思い込みというのは、今の高校生たちとは比べものにならないぐらい強かったに違いない。

この頃親戚の子どもたちは、日曜日ごと、気軽にコンサートや買物にやってくる。今や急行で一時間半の山梨は、千葉や埼玉と同じような首都圏になったらしい。けれども昔は違っていた。急行や特急は本数が少なく、しかも私の場合親の方針で乗ることは出来なかった。学生のうちは鈍行で行けというのだ。高尾で乗り継いだりして二時間半から三時間かかる、山の向こうのとても遠いところであった。

だからこそ東京へ行きたかったのだ。

年の離れた従姉たちも、みんな東京の大学を卒業していた。その大昔、うちの母も従姉たちが出た女子大の前身である、専門学校を卒業している。私も当然のことながら東京の大学へ進めるものと思っていた。けれども母は冷たく言いはなったものだ。

「うちは貧乏だからダメ。そもそもマリちゃんは勉強が好きじゃないし、カズオもすぐに大学へ行かなきゃいけないんだから」

カズオというのは二つ違いの弟である。子どもの頃から秀才の誉《ほまれ》高く、ずうっとクラス委員長をやってきたような男の子だ。うちの両親は、出来の悪い姉はとうに諦め、こちらに望みを託していた。弟は国立大をめざしているが、場合によっては東京の一流私大に進学したいという。だから私に、地元の短大へ行けと母は言ったものだ。

私は反抗した。地元の短大を出ても、保母になるしか道はない。とにかく私はやりたいことがある。それを実施するためには、四年制の大学で勉強したいのだと、私はずっと訴えたものだ。が、もちろんこんなものは詭弁《きべん》であり、とにかく東京へ行きたかったのである。東京に行かなければ、私の青春は全く意味を持たないとさえ思っていた。

一人暮らしをして、お酒を飲んで恋をする。東京で私の本当の人生が始まるのだ……。けれども私の東京行きに関して、母はあまりいい顔をしない。地方の小商いをしている家で、二人子どもを進学させるというのは大変な時代であった。

私が苛立っていた頃、クラスのA子やB子たちと話をした。彼女たちは東京の大学へ行くと嬉々として喋り、私はかなり嫉妬にかられたものだ。それは嫉妬をとおり越して、憤慨というものにさえなった。

彼女たちは私よりも成績が悪い。私も人のことは言えないけれど、たいして受験勉強だってしていないだろう。それに大学卒ばかりのうちの一族と違い、農家である彼女たちの親はそんなに学歴もないはずだ。大学へ行く理由など何ひとつない彼女たちが、どうしてわざわざ二流、三流の大学へ行くんだろう――。

今考えると、なんとも自分勝手で傲慢な理屈なのであるが、私は私が行かずに、彼女たちが東京の大学へ行くのは非常に間違っているとさえ考えたものだ。そして自分自身もほとんど勉強をせず、単に東京に憧れていた。

やがて、その年が迫ってくると、うちの母も次第に折れてきた。好きな大学を受けてもいいと言うのだ。私は地元の学校などひとつも受けず、すべて東京の派手な私大にした。一流校はすべて落ち、かろうじて分相応のところがひとつひっかかった。そして彼女たちと言えば、私よりもさらにレベルの低い新設の大学へと進学していった。

彼女と私の違うところは、美人のA子やB子は、東京ですぐに恋人が出来、楽しい生活が始まったということである。それは私が夢に描いた東京生活そのものであった。うまくいえないけれど、私はそれがとても理不尽なことのように感じられた。

ちなみに結婚するまで、私の本籍は東京である。父は東京生まれ、東京育ちだったが、戦争がきっかけで母の実家に住みついたのだ。

つまり私は、自分のことをもともと東京に「帰るべき」人間だと思っていたのだろう。そんな私がいつまでも田舎者のままで、A子やB子がすぐに馴じんでいくことに腹を立てた。

それからいろんなことがあり、私はずっと東京で暮らしている。東京の男と結婚し、東京に居を構えた。

そしてA子やB子は故郷に帰り、二人とも農家の主婦をしている。彼女たちにとって東京はいったい何だったのだろう。一度聞いてみたい気もするけれど、そんな機会はおそらくないだろう。

大人びた時代

つい先日、若い人のための読書案内を出した。そのために昔の名作を読み返したのであるが、驚くのは当時の大学生の大人びていることである。

恋人たちも敬語を使い合い、その深い思索にとんだ会話は、どう見ても三十代のものである。いや、現代の三十代はもっと子どもっぽいかもしれない。

そして戦後すぐでなく、七〇年代の若者というのも、かなり大人びていたと思う。大学紛争というムーブメント自体、かなり哲学を持っていなくては出来ないことだ。言ってもせんないことだと思うけれども、今どきの渋谷を歩いている大学生は、アジテーションひとつ出来ないに違いない。

そして、大学紛争が終わった私たちの時代も、大学生は大人としての貫禄を充分に備えていた。みんな髭を生やし、長髪で薄汚かった。茶髪サラサラの今と違って、とにかくみんな大人になりたがっていた最後の時代かもしれない。当然高校生にも影響があり、都会の学生はかなり大人びていたようである。しかし私の高校は、悲しいことに伝統の丸坊主だ。長髪は許されていない。するとみんな、うっすらと髭を生やし始め、そこでオスである主張を始めたのである。

そしてもうひとつがギターである。そう、七〇年代は輝かしいギターブームでもあった。みんな幾つかのバンドをつくっており、学園祭となると、彼らは熱い視線を浴びたものだ。フォークソングが主流であるから、歌っているのは他愛ないラブソングである。しかも学生服で丸坊主なのだから、ミスマッチもいいところだ。けれども思い出すと、いや記憶の中で美化されていくのであるが、ふだんは平凡な同級生だと思っていた男の子が、いつもの制服のままギターをかき鳴らす姿は、不思議なセックスアピールがあった。なまじ気取って、私服でカッコをつけるよりも、普段の制服にギターをかかえてしまうところがよかったのである。彼らは紅潮し、声を張り上げて歌った。それを応援する私たち女生徒も興奮した。

その中でもいちばんのスターは、A君だったかもしれない。A君はサッカー部に入っていて、そちらの方でも人気があった。けれども学園祭ともなると、主役は彼のものである。A君は決して大きくはなく、むしろ小柄の方であるが、目がくりくりとしてとても可愛い顔をしていた。スポーツをやっているから体がしなやかで、ギターを持つ動きが他の男の子と違っていた。あの頃のミュージシャンのコピーだったのであろうが、膝を突いたり、片足だけで跳ねたりする。それだけで同級の女子高生は熱狂したのである。

歳月がたち、藤井フミヤに会った時、私はA君に似ていると思った。フミヤも小柄であるが、強烈なセックスアピールがある。音楽をやっている人独特のリズムが、体から溢れているようであった。

が、私の知っているA君は、フミヤのような幸福な人生をたどらなかった。私たちの高校はスポーツでもいい成績を上げていたので、多くの同級生が一流大学のスポーツ枠へ入り込んだ。そういうことがたやすく出来る時代でもあった。

A君は四十点のゲタをはかせてもらっていたのに、それでも某大学を落ちたとまことしやかにささやかれたものである。

「よっぽど入試の成績が悪かったのかも」

と私たちはささやき合った。

帰省する列車の中で、聞いたこともない大学に入ったA君と会ったことがある。有名女子大に通う恋人の写真を見せてもらい、相変わらずモテているのだと感心したものだ。

そしてA君は私たちの学年の中でいちばん早く逝った人となった。ガンだったという。葬式には行けなかったが、私は学園祭の日の彼の姿を思い出し祈りに替えた。しかしあの時、彼はいったいどんな歌を歌っていたのだろう。どうしても思い出せない。

頭のいい女

今でも不思議なことがある。

私は高校時代、勉強があまり好きではなかった。これはわかる。私のようにだらしなく、コツコツと何かを積み重ねていくのが苦手な人間は、勉強というものが好きにはなれない。私はこういうのが、高校生のふつうの姿だと思っていた。

わからないのは、勉強が好きで好きでたまらないという連中である。私はこうした人たちが本当に理解出来なかった。いや、今でもよく理解出来ない。

幸い、ということもないけれども、私たちの高校は成績別でクラスが分けられていた。ちょうど校舎を改築中であったが、国立の理系と文系という、成績が上位のクラスはまだ取り壊しが始まっていない旧校舎があてがわれていた。階段教室もあり、旧制中学の趣が残っている、しっとりとしたいい建物だ。同じ頃、私たちどうでもいい私立組はプレハブの校舎に収容されていたのである。天井に扇風機がついていたものの、真夏の暑さといったらひどかった。むっと熱気が天井からふりそそいできて、息苦しくなったはずだ。

「こんなところで勉強出来るはずがない。お前たちがもっとパアになってもいいんだろうかナア……」

と、ある教師が同情してくれたぐらいである。

とにかく成績のいい生徒とは、アパルトヘイト政策をとられていた。旧校舎は堂々と校門の前、あわれプレハブ校舎は校庭のはずれである。体育の授業も一緒にならないように配慮されていたために、私たちはふだんつき合うチャンスがなかなかなかった。ただスポーツ万能で成績もいい男の子の噂はすぐ耳に入ってくるし、放課後の姿を眺めることもある。

男子と同じように、女子の有名人も何人かいた。美人で才媛、欠点など何ひとつなさそうに見えたものだ。

A子とB子という双子の姉妹がいた。二人は学校の真裏に住んでいた。だから始業のチャイムの音を聞いてから家を出て、チャイムの音を聞きながら校庭を横切る。遅刻しそうになり、必死で走ってくる生徒に混じって、彼女たちはそう急ぐのでもなく、

仲よく並んで歩いていく。プレハブ組の男の子たちは、

「〇〇さん、頑張れし～～」

と声をかけた。彼女たちは成績がいいだけでなく、顔もなかなか可愛かったので人気があった。

高校二年生の時であろうか。ちょっとした騒ぎが起こった。どちらだったか憶えていないのであるが、二人のうちの一人がＡＦＳの留学試験にとんとん拍子で進み、最終まで残っているというのだ。当時の高校生にとって、留学など夢のまた夢の話である。

「すごいじゃんねえ」

と私たちは興奮し合った。結局は合格しなかったのであるが、姉妹の名声はさらに上がった。

決定的だったのは、二人揃ってお茶の水女子大に合格した時だろう。国立の価値がずっと高かった頃だ。二人の快挙は地方紙に載ったぐらいである。

ある時、帰省する列車で、姉のＡ子と偶然向かい合って座ったことがある。どうしてＡ子だとわかるかというと、お茶の水女子大を彼女は前期で退学した。

「ここは私に合っていないから」

　ということでまた勉強をし、次の年には国立の医大に合格したのである。ここは難関とされ、名門の国立であった。本当に彼女は、秀才だったのだと私たちは度肝を抜かれた。といっても、私たちプレハブ組のほとんどは、A子と在学中口もきいたことがなかった。高貴な人を庶民が噂するようなものである。

　ただ偶然とはいえ、A子と向かい合って座った私は、少なからず緊張した。まともに話をするのは初めてである。何を喋っていいのかわからず、自分の通っている二流の大学の話を面白おかしくしたはずだ。そのうち、くっくっと彼女は身をよじって笑い始めた。楽しくて笑っているのではない。珍奇な動物に出遭ったような笑いなのだ。

「ハヤシさんって、太ってて、なんかおかしい……！」

　頭のいい女というのは、なんと非常識で変わっているんだろうかと思った。このくらい変わっていないと医大に受からないんだろうかとむっとしたものである。とにかく私は、彼女に対する好意をすっかり無くしたのである。私は今でも高学歴の女イコール変人というイメージがあるが、それがそう間違っていないから困るのだ。

シンデレラは夢物語

おばさんになってよかったと思うことのひとつは、他人に警戒心を持たれなくなったことだ。顔も身体もやわらかくなったのであろう。ヘンな細工さえしなければ、中年になった女の目や眉は自然に下がってくる。やさしそうで私は決して嫌いではない。

よく好奇心まるだしで、まわりの人に話しかけてくるおばさんがいる。

「どうしてあなたたち、並んでるの」

「今日はいったい何があるの」

私もきっとああいう感じになるのではないかと思っていたが、やはりそうなった。おばさんの特権で、何でも出来る。大人だと私のことを知っている人がいるのであまり話しかけられないが、高校生ぐらいまでだとこちらも平気だ。あちらもわりと喋ってくれる。おそらく私の身体からは、

「気さくで安全なおばさん」

　という光線が発せられているに違いない。

　つい先日、羽田のセキュリティ入口がやたら混んでいる。近づいていったら修学旅行の高校生たちであった。舌打ちしたいような気分で最後尾に並んだのであるが、結構楽しかった。女子高生のグループと、しばらく話すことが出来たからである。

「どこから来たの」

「栃木」

「へえ！　そうなの。仕事で時々行くわ。いったいどのへん」

「〇〇〇」

「ふう～ん、知らないなあ……それでどこへ修学旅行なの」

「博多」

「あら、そう。いいわねえ。博多は今がいちばんいい時よ。楽しんで行ってらっしゃいね」

　実は話しかけながら、私はその女の子に強いシンパシィを感じていたのである。

「今どきこんな高校生が存在しているんだ」

　最後尾についていた女子高生は太っていた。それも意識が他のところへ行っているという太り方である。こういう太り方をしている以上、身のまわりにも全く構っていない。セーラー服の襟のまわりは、フケで円型に変色している。髪はショートカットなのであるが、よく手入れされていないからボサボサだ。一度もカットしていないであろう眉は黒々と伸びていて、口のまわりにはかなり濃いうぶ毛がある。

私はしみじみと彼女に見入った。まるで高校時代の私が、そこに立っているかのようだ。私は少なからず感動していた。最近の高校生はおしなべておしゃれに小綺麗になっていたと思っていたのだが、まだこんな子がちゃんといたのである。

私は彼女に尋ねた。

「修学旅行楽しみ？」

〝ああ〟と彼女はぼさっと頷き、その様子も私とそっくりであった。

もっと幼い時ならともかく、高校時代にシンデレラ物語はまず起こらない。高校時代に、女としての原型はほぼ出来上がっているからである。高校時代に容貌に恵まれず、人気がなかった女の子が、同級会で見違えるような美人になっていた、などということはまずないと思ってもいい。しかしその後の運命によって、かなりイメージが変わってくるということはある。

A子というのは、そう目立たない女の子であった。成績も容姿もふつう。男の子よりも女の子に好かれるタイプだったかもしれない。

十何年ぶりかで出会った時、私はへーっと思ったものだ。かなり色っぽく洗練されていたのである。平凡に見えた容姿も巧みな化粧によってかなりアップされていた。それよりも驚いたのは洋服で、流行のかなり金がかかったものだということがわかる。彼女は煙草をうまそうに吸い、いかにも都会のいい女、という感じに見えた。聞くところによると、羽ぶりのいい通販の仕事をしているが、彼女は立ち上がりからその会社に入り、しかも社長の右腕兼愛人というのである。

が、バブルがはじけ彼女は田舎へ帰ってきた。そしてふつうの地方のハイミスになっている。なにか大きな夢をひとつ見てきた、という感じなのかと私は勝手に想像している。

その後の美貌

つい最近、友人がこんなことを話していた。

ある地方に講演会に出かけたところ（友人は有名人である）、楽屋に来客があった。知り合いの女優のお姉さんが、土産物を持って訪ねてくれたという。女優は、中年になっても輝くような美貌を保ち、世の女性の羨望の的である。そのお姉さんは顔立ちこそ女優にそっくりであったが、ふっくらとしていて全体にぼけたような印象。よくいる「ちょっとキレイなおばさん」だったという。

「美人が地方でずうっと暮らすと、こういう風になるっていう見本を見せられたような気がした」

と友人は語る。

私は高校時代、美人と呼ばれた友人たちを思い出した。誰でも経験することであろうが、クラス会に行き、つらい気持ちになることがある。

特に変化の激しいのが、田舎に住んで、ある時から多くのものを放棄してしまった女であろう。えーっと驚くことが何度もある。

私は不安にかられた。

「A子は大丈夫だろうか」

A子は、その同級会には出席していなかった。高校時代、学年一、いや、学校一の美人といわれた女の子である。大人びた端正な美貌で、男の子はやや近づきがたかったかもしれない。十代というのは、美人よりも「可愛い」と表現される女の子の方がずっとモテることになっている。A子はすらりとした長身に、ハーフのような彫りの深い顔を持ち、もし都会に住んでいたら絶対にスカウトされたに違いない。

彼女は東京の短大に進んだ後、親元に帰ってきて良縁を得たという。お金のある夫なので身をかまうことも出来、

「今でもすごく綺麗だよ」

と友人たちは証言し、私はかなりホッとした。

このA子と美しさで双璧をなすB子のことは、今でも時々聞く。

高校時代、B子はA子よりもずっと近づきがたい存在だったかもしれない。成績別

のクラスで、A子は私と同じクラスであったから、まあそこそこといったところであろう。それにひきかえ、B子はトップクラスだけを集めた国立進学クラスの生徒であった。

大人になってから高校時代のアルバムを人に見せると、

「このコ、美人だねえ」

と人が指をさすのがB子だ。ハーフのようなA子と違い、日本的な顔立ちをしている。切れ長の目に、形のよい鼻、きりっと締まった唇は、知的でクールな印象を受けたが、話していてもそのとおりであった。

一流大学も難なく進めると言われたB子だったが、高校三年の時にお父さんが急死してしまった。進路を変えて全日空のスチュワーデスに応募するが、ここもあっさり合格した。

卒業後、二度会ったことがあるが、当時全日空は国際線がなく、仕事があまり面白くないとこぼしていた。この彼女が、カメラマンとして第二の人生をスタートしたと聞いたのは、今から十五年ほど前だったろうか。

私が直木賞をいただいた時、高校の同窓会誌が、「わが校卒業のキャリア・ウーマンたち」というタイトルで、座談会を組んだのである。彼女は高校時代よりも、はるかに美しく洗練されていた。

そして最近、彼女の写真を雑誌で見た。水中カメラマンとして、かなりの売れっ子だという。写真の笑顔はやはり美しかった。

かつての美しい友は美しいままでいてほしいと、この頃本当にそう思う。少女時代の嫉妬や羨望など、はるか遠いところへ行ってしまった。歳月に打ちのめされない女を見ることは、自分への大きな救いとなるからだ。

コンプレックスは今

この原稿を山梨の実家で書いている。

私の傍では老いた母が本を読み、その向こうでは父親がテレビの相撲中継を見ている。穏やかな平和な風景といっていい。

私の高校時代はこんなではなかった。私の両親はしょっちゅう喧嘩をし、本当に嫌な現場を何回も見聞きした。

私の家庭のことを話すと長くなるからここでは省くが、家族をほとんど構わない父親を、しっかり者でインテリの母親が口で負かそうとする。すると父親が怒鳴る、ということの繰り返しだったと思う。

小さな本屋をやっていたけれども、母ひとりの肩にかかっていたから商売もはかばかしくない。家の中はだらしなく散らかり、その中で思春期を迎える私も、薄汚くふてくされていたはずだ。

「いい、こんなうちがふつうのうちだと思ったら大間違いだからね」

と母は私によく言っていたものだ。

「マリちゃんが育ったうちは、うんとだらしなくてみっともないうちなの。いつかマリちゃんが大人になって、うちみたいな家庭を持ったら恥をかくからね」

母のこの言葉は、まるで呪いのように私に染みついてしまった。私は家庭というものに対して、ヘンなコンプレックスを持つようになってしまったのだ。

友人のうちに遊びに行くと、そこには確かに楽しそうな家庭があった。当時は高度成長の波に乗り、山梨の果樹農家はとても景気のいい頃ではなかったかと思う。多くが新築した広々とした家であった。中はよく整理されていて、ピカピカの電子レンジが置いてあったりする。

友人たちの両親は、あまり教養はなかったかもしれないが、家庭を大切にし、毎日の暮らしを楽しもうとする豊かさに溢れていたように私には見えた。それがどれほど羨ましかったろう。

昨夜も母が父に憎々しげにこう言ったものだ。

「子どもたちに物質的な豊かさを与えられないとしたら、貧しくてもせめて心の豊かさを与えたいと思わないんですか」

早くうちを出たいと思った。東京で大学生になってひとり暮らしを始める。そして家族のシガラミというものをいっさい断ち切る。そして私は、いつか新しい素敵な家庭をつくるのだと、それぱかり願って私は故郷での何年かを過ごした。

大学生になると、私はさらにコンプレックスにうちのめされた。高校時代よりもはるかに金持ちで恵まれた友人と知り合ったからである。特に湘南から来ていた何人かとグループになった。みんな小学校からお嬢さま学校に通い、共学を体験したいばかりに、この大学へ進んだというメンバーだ。

中に鎌倉から通っている友人がいて、私は何度か泊めてもらった。豪邸といってもいい和風邸宅で、土塀がぐるりと囲み、一部は六角形の洋館になっている。地元の企業で社長をしているお父さんを持つ彼女は、のびのびと可愛らしく、何の苦労もなさそうであった。

そして卒業して二十年ぶりに、近くに用事があったついでに私は彼女の家を訪ねた。親しくしていたお姉さん夫婦が迎えてくれた。お父さんはとうに亡くなり、あの豪華な邸は中も庭も少々荒れているという印象を持った。

「この家は借家なんで、いずれ出ていかなきゃいけないの。でも私のお葬式は絶対ここから出してもらいたいんで、頑張っているのよ」

という お母さんの言葉に心底驚いた。完璧に見えた彼女の家が、それほどあやふやなものだと想像もしていなかったのだ。

そして故郷へ帰ると、友人たちのさまざまな悩みを聞くようになった。後継ぎ問題や、老人介護、そしてお金をめぐってのことだ。そして仲の良かった人から、

「うちの父が酒乱だったから、子どもの時から本当に苦労したの」

という言葉も聞いた。

少女の頃、私が憧れ、羨んだ幾つかの家庭があやふやなものだったり、問題を抱えていたことを知るようになった。思春期の時、みんなそれぞれの悩みを抱えていたらしい。けれども私を含めてあの頃のみんなはミエっぱりだったから、誰もそんなことを口にしなかったが、もし聞いたとしても、それほど心は晴れなかったような気がする。

思春期というのは、みんな家庭がある、家族がいる、というだけで憂うつだった。

浜辺の涙

誕生日を迎えた。もう五十に手が届く年になり、自分でも驚いている。ちょっと気になっている男性から、お誕生日おめでとうという携帯メールが入り、私はすぐに返事をうった。

「自分の年にガクゼンとします。もう恋なんかできそうもないし……」

これはもちろん媚びというものであるが、たぶんこれから先、男の人とつき合うことは二度とないだろうという予感がある。

思い起こせば短い恋愛人生であった。ある時仲のいい男友だちに、

「あんたとオレじゃ、ケタが違うよなァ。オレなんか十五の時から、ずうっと女がいたもん。あんたなんか、田舎の高校生でモテなかっただろうしさ」

とからかわれたことがあるが図星である。東京の私立に通っていた彼と私とでは、

同じ年頃でありながら何もかも違っている。

昔の田舎の高校生の、恋やセックスに対する無知なことといったら、今ではもうお笑いの分野に属するであろう。

高校時代に「経験をした」という同級生は確かにいたが、男の子に限られていた。スポーツでスターであった彼は、それこそ傍若無人にふるまい、何があっても不思議ではないという風に皆は見ていたはずだ。近くの女子高の体操部の部長、年上の短大生というのが彼のお相手であった。

私たち女生徒は、そういう彼のことを、

「あんな不良にはつき合わない方がいい」

と遠巻きに見ていたはずだ。進学校で数が極端に少なかったから、女生徒たちは真面目で勉強をするコばかりであった。が、中には「男女交際」をする友人もぽつぽつと出てきた。

A子は活発でちょっと可愛く、男の子たちに人気があるコであった。が、うまく表現出来ないのであるが、どこか演技している空々しさのようなものがあり、私は内心あまり好きになれなかった。へんに図々しく、誰とでも仲よくなるところも、私とは違うと思っていた。

二年生になってから、彼女はどういうわけか、クラスの中でも地味な存在のB君とつき合い始めた。私はこれも好きになれない。彼女が急にB君をおもちゃにしているようにしか思えなかったからだ。そんなある日、A子はB君とキスをしたと告白した。散歩に出かけた夜の校庭だったという。それを聞いた女の子たちの間に衝撃が走った。ああ、昔の十七歳というのはなんて幼いんだろう。

その時私は思ったものだ。

「東京へ行って大学生になれば、キスなんかいくらでも出来る。恋人なんかすぐに出来る。絶対に羨ましがったりするものか」

そして念願の大学生になったものの、私は相変わらずモテなかった。私の田舎少女ぶりを面白がってくれるのは女の子ばかり。

「マリちゃんって、本当に可愛いわ」

とよくいわれたものであるが、あまりにも純情でドジなのがおかしかったのだろう。

さて大学生になって私が入部したところはテニス部である。青春をするのにはテニスが必要だと考えたのである。

同じ一年生にC子というコがいたが、彼女は後にミスコンテストに入賞したぐらいの美人であった。さっそく四年生の部長が目をつけ、二人はつき合うようになった。

このことが上級生の女の子たちには気にくわなかったらしい。夏の合宿で弓ヶ浜に行った時、彼女は先輩たちからいじめられていた。

ミーティングの時、彼女は隅でしくしく泣いていたのであるが、その時信じられないことが起こった。はるか上座に座っていた部長がわざわざやってきて、C子を慰め始めたのである。

私はそれを見ていて、羨ましさで胸が張り裂けそうになったことを憶えている。その後すぐひとりで、浜辺に走っていって泣いたのである。

「私なんか誰も好きになってくれない。一生誰も愛してくれないんだわッ」

少女漫画なら、こんな時誰か男の子がひとり私の跡をつけてくることになっている。ふり向いたけれども誰もいなかった……。

恋への憧れ

私はよく劇場に出かける。改築後、宝塚へは一月に一度必ず行くし、その他、オペラ、お芝居、コンサートの類も足を運ぶので、一週間に二度か三度劇場にいることもある。

この反動で、というのはおかしな言い方であるが、めっきり見なくなったのが映画である。一週間に一度、対談の仕事で有楽町マリオンへ出かけるので、その都度映画館の時間をチェックするのであるが、うまくいったためしがない。

たとえばオペラの場合、六時といえばその時間をとり、スケジュールに入れておく。けれども私のようにコマギレで動いている人間の場合、映画の二時間、それも上映時間がぴったり他の予定とかちあわない時間をつくるというのは、本当に至難の業なのである。

私が今までにいちばん映画を見たのは、高校生の時であった。隣り街にある名画座を見つけたからである。

それまで映画というものは、県庁所在地の甲府に行って見るものであった。よくある話であるが、子どもの頃親に連れていってもらった近所の映画館は、昭和四十年代消えてしまったのである。しかし友人と誘い合い、親からおこづかいをもらい、当時私にとって最大の都会である甲府に、映画を見に行くというのは、なかなかいいものであった。「戦争と平和」「アンナ・カレーニナ」と、旧ソ連が国の威信をかけてつくった大作を見たのは中学生の時である。「風と共に去りぬ」の衝撃は中学二年生であるが、あれが私の物書きとしての人生を決めたといってもいい。その後「ファニー・ガール」を見て、オマー・シャリフが理想の人となった。それまではクラーク・ゲーブルに夢中だったのだから、少女時代の私は、かなりおませだったかもしれない。

けれどもこういう「ハレ」としての映画館通いは、習慣になりづらい。高校生がロードショーへ行くのは、贅沢なことである。

そして私は偶然に、隣り街で名画座を見つけたのだ。本当に小さく汚い劇場だったが、シートに座ると「私の場所」という感じがした。ここで私は、ジェームス・ディーンの「エデンの東」や「理由なき反抗」、「ドクトル・ジバゴ」を見た。そう古いものではなかったけれども「恋人たちの場所」という映画を見た時は、なぜか眠れない日が続いた。これは不治の病に冒された女とその恋人の物語である。男と女というのは、あれほど罵り合っても、求め合い、愛し合うものだということを、思春期の私は強く刻んだのであろう。

恋への憧れをかきたてるものは小説であるが、それをさらに具体的にするものは映画だと私は思っている。クロード・ルルーシュの名作「パリのめぐり逢い」は、イヴ・モンタンとかキャンディス・バーゲンの不倫を描いているが、外国人というのはあんな風に色のついたシーツを体に巻きつけて寝るのか、あんな風な素敵なシャワールームがあるのかと、田舎娘は目を見張った。それは三十年前の高校生にとっては、はるか遠くの世界の話である。

が、気がつくと、あのパリのアパルトマンに近い生活を私はしているのである。もちろんセンスでは遠くおよばないというものの、ベッドで色つきのシーツと羽毛布団で眠っているのだ。日本も、私も、なんと豊かになったことだろう……。

さて、私はこの映画館がすっかり気に入り、高校の体育祭を抜け出し、こちらに出かけた。私などいなくてもどうということもないと思っていたのだが、打ち上げを計画していた級友たちは私を探して大騒ぎになった。おかげで映画館通いが親にもバレてしまい、さんざんなめに遭った。しかしこの映画好きは大学入学まで続き、一時は映画評論家をめざしたのだから、今とはえらい違いである。

哀しい気分

多感という言葉がある。ものごとに感じやすいということらしい。そんなことを言うなら、十代はみんな多感である。

タカン、タカン、タカン。タカンが服を着て歩いているようなものだから、しょっちゅうまわりを気にして、しょっちゅう傷ついている。

つい先日のこと、仲よくしている高校の同級生から電話がかかってきた。

「ラグビーが今年、ワールドカップだからさ、いろいろイベントがあるんだ。シンポジウムに僕と一緒に出てくれないかなぁ」

「だけど私、ラグビーなんかまるっきり詳しくないの」

「いいよ、いいよ、高校時代の話をしてくれればさ」

この同級生というのは、私のエッセイによく出てくるフジワラ君である。早稲田に入り、「アニマル藤原」とうたわれた名ラガーだ。
彼との電話を終え、思いが高校時代のあの日に戻った時、私はたちまちタカンにな
ってしまった。タカンというのは歳月がないらしい。そのことを思い出したとたん、
私は甘く重苦しく、そしてかなり哀しい気分になっていくのである。
高校時代の私のメンタリティにおいて、ラグビーというのが、どれほど大きな場所
を占めていたかよくわかった。
甲府盆地の中にある、果樹園に囲まれた高校は、スポーツが盛んだった。特にラグ
ビーは、全国でベスト8にしょっちゅう入る名門校であるから、選手たちはスターで
ある。
はっきり言って、彼らは肩で風を切って歩いていた。特にフジワラ君などというの
は、全く怖いものなし。授業中も堂々と居眠りをし、昼休みにラーメンの出前をさせ
ていた。彼と口をきけるのは、美少女や委員をしている女の子。つまり目立つエリー
トの女の子たちだ。断言してもいいのだが、いま私がただのおばさんだったら、フジ
ワラ君は鼻もひっかけなかったに違いない。
デブで顔がむくんでひと重という、最悪の状態だった高校生の私は、フジワラ君を
はじめとするラグビー部員たちを遠くから眺めるだけであった。まだ子ども子どもし

た男の子が多い中、オスのにおいをぷんぷんさせながら歩いている彼ら。汗くさいジャージや、泥にまみれたスパイクは、私にとってもセクシャルなものの象徴だったのではないだろうか。

近づけるはずはないのだが、近づきたいと思う。けれども自分にそんな資格はない。オスの集団である彼らは、美しいメスを見つけるのが早くてうまい。毎年新入生の中から、いちばん可愛いコがマネージャーを頼まれるのだ。ラグビー部のマネージャー。それは今で言えばアメラグのチアリーダーのものだろう。女の子の中でベストワンと言われているようなものだ。

今でも思い出す光景がある。夕方、校舎の向こうに夕陽が沈んでいく時、練習に飽きた彼らは、自転車で帰る女生徒にチョッカイをかける。

「○○さん、さようなら」

「○○さん、また明日ねー」

彼らが憶えているのは、綺麗な子だけである。名を呼ばれた女の子は、いやだァという風に顔をしかめ、自転車のペダルに力を込める。

「本当は嬉しいくせに……」

私は彼女たちがどんなに羨ましかっただろう。そしていろんなことで裏目立ちし、自意識過剰の私は、時々彼らの標的にされる。

「ハヤシさーん、マネージャーになってくれないかなあ」

誰かが言って、また別の誰かが茶化す。

「いや、ＦＷになってもらった方がいいぜ」

そしてわき上がる笑い声。

私がどんなに傷ついたか、フジワラ君はたぶん知らないだろう。けれども彼と私とは今、いい友だちだ。マネージャーになれなかった私は、今、彼がちょっとまわりに自慢できる「有名人の友だち」になった。それでもラグビーと聞くと、私の胸は騒ぐのである。

新しい季節

高校の同級生に言われた。

「あなたって、すごく地味で目立たない生徒だってよく書いているけど、そんなことなかったよ。やたら目立ってたよ」

そうだったかもしれないと私も答えた。小学校から大学まで、十六年間の学生生活をおくったが、いちばん楽しかったのが高校生活であった。あの三年間で私は蘇生し、本来の明るさをつかみ、自信をつけたのである。

何度か書いたことがあるけれども、中学校時代、私はいじめられっ子であった。数人の男の子が、それこそ目の敵にしたのである。どうしてあれほど憎まれたのか、よくわからない。とにかく私を泣かしたり、仲間はずれにしたり、罵ったりすることに全精力を費やしたという感じだ。

そしてそのいじめ方は、日に日にエスカレートしていったから始末が悪い。髪を引っぱられたりしているうちはまだよかった。子どもというのは、接触のあるかまわれ方はまだ許せるはずだ。バイキンのように言われ、近くに寄るな、などと言われ出したのが本当につらかった。たぶん私のだらしない身体つきや服装が彼らをいたく反応させたらしい。

やがてクラスの他の男の子たちも、傍観者という立場から、少しずついじめに加わるようになったのだ。

けれどもここが不思議なところなのであるが、私は十四歳にして「新規巻き直し」という言葉を知っていた。いや、身体で感じていたというべきか。人生なんていくらでもリセット出来る。どんなにイヤなこともそう長くは続かない。やがて、新しい季節が私の元にやってきたら、イジメなど一度も遭わなかったふりをして、清々しく生きていこう、そして私がまずやったことは、例のいじめっ子や、イヤな女子生徒がやってこない、地域でいちばんレベルの高い進学校へ行くことであった。

そして入学して私はすぐ、放送部に入ったのである。中学校時代、当番の放送がまわってきて、

「みんな早く帰りましょう」

とアナウンスしようものなら、いじめっ子たちはギャーッと耳を大ゲサにふさいで飛びまわったものである。それがイヤで、マイクを握るのはいつも別の人にしてもらっていた。

けれども私は、本当はアナウンスをしたくてたまらなかったのである。自分の声がマイクを通して、校内の隅々まで流れるのを聞きたかったのだ。

そう、私は目立ちたがり屋なのだということを初めて自覚した。それもかなり屈折した目立ちたがり屋だろう。

中学校時代、いじめっ子たちはそういう私の複雑さを見抜き、わけのわからない憎悪のエネルギーにかられたのではないか。そうでないとあの尋常でないいじめはよく理解できない。ふつう子どもは薄ら笑いを浮かべながらいじめるはずだ。けれども彼らは、私への憎悪で目を赤くしていたのである。今でも私は彼らのことを許さない。道端で会っても、「久しぶり」ということは出来ないだろう。

そしてやがて放送部に入った私は、ＤＪを担当するようになる。自分で選曲し、自分で原稿を書いて喋る楽しさ。私の同級生たちは弁当をつかいながらそれを聞き、

「面白かったじゃん」

と言ってくれた。それどころか彼ら、彼女たちは、私の喋り方、私の話す内容をと

ても変わっていて面白いと言ってくれたのである。

「今にテレビやラジオに出る人になればいいのに」

高校一年生のある日、新聞を広げた私は「パーソナリティ募集」の広告を見つける。地元の放送局でラジオのＤＪを募集するというのだ。これに応募したところ、水曜日を担当するパーソナリティになった。私が、

「自分は特別な人間なんだ」

という密かな傲慢さを持つ第一歩である。確かに私はかなり目立っていたはずだ。

祭りの夜に

久しぶりで田舎に帰ったら、ちょうど花火大会が開かれていた。

この花火大会は、人口三万の町にすればかなり大きなもので、盛大に花火が咲く。近隣からたくさんの人たちがやってきて、屋台もずらりと並ぶ。

「ひえ〜、この町にこんなに若者がいたんだ」

と、私は声をあげた。ふだんは年寄りの姿しか見ない静かな田舎町に、まるで湧いたように若いコたちがやってきたのである。

中学生から高校生がみんな浴衣を着ていることに驚いた。流行ということもあるだろうが、これほど手軽に「変身」出来るものもないと、みんな気づいたのであろう。着つけはひどいもので、中にはサンダルを履いているコも多いが、浴衣姿の女の子はみんな可愛い。高校生ぐらいになると、アップにしてかなり色っぽくなる。こういうコはたいてい男の子と一緒だ。

そして女の子たちのグループには、同級生とおぼしき男の子が声をかける。ちょっとまぶしげに彼女たちを眺め、からかいの言葉をかけていく。

「やだーッ」

たちまち起こる嬌声。それが、三十数年前と少しも変わらないことに私は嬉しい気分になった。

「歌垣《うたがき》」とはよく言ったもので、祭りの夜は誰もが妖しい気分になる。浴衣ではなく、たとえTシャツ姿でも、制服とは違うものを着て夜道を歩く心の昂ぶり。こういう時、知りあいの男の子たちと出くわすと、せつなく甘ったるい気分になったものだ。高校生としてではなく、男と女として会っている、という思いがふつふつとわいてくるのである。

もちろん当時でも、気のきいたコたちはカップルで花火大会に来ている。目立つ男の子の傍には、湯上がりのにおいが漂ってきそうな浴衣姿の女の子がいて、目を伏せて歩いている。時々は腕をからめたりしていて、その姿は大層なまめかしかった。

「なんかイヤらしいよね。高校生のくせしてさァ」

イカ焼きや味噌おでんを手にした私たちはよく毒づいたものである。が、グループのひとりのA子が、ある日こんな告白をした。自分の町の花火大会の夜、つき合っていたB君とキスをしたというのである。

「二人で小学校のブランコに乗って、花火見てたんだ。そうしたらB君が急に肩に手をまわしてきてさあ……」

衝撃の告白に、私たちはいっせいに息を呑んだものである。このA子というのは、やけにコケティッシュな子で、気さくでボーイッシュな風に見せかけ、男の子に接近していくところがある。整った顔立ちをしているくせに、甲州弁をやたら使うところも私は気に入らない。たぶん私にないものばかり持っている彼女のことを、私は心の底で嫌っていたのだろう。

その夜、彼女は湯上がりに浴衣を着ていったという。本当にイヤらしいなあと私は憤然たる気持ちになった。花火大会の夜に、浴衣を着て暗がりにいたら、それはもう誘っているようなもんじゃないか。このコって、いつもこうで、無邪気で素朴なふりをして、するべきことはちゃんとするんだから……。

そして二年たち、私は大学生になった。テニス部に入り、仲よし四人組が出来た。私以外はみんな東京のコで、アカぬけた綺麗な子ばかりであった。学園祭の夜、みなで浴衣を着ようという計画が持ち上がった。その日、私は友人から浴衣を借りていたにもかかわらず、持っていないと主張した。中のひとりが際だって美人で、彼女が浴衣を着た姿を想像しただけで嫉妬したのである。私は浴衣を持っていない、だからみんな着ないでと、私は言い続けた。あの田舎町での記憶が尾をひいていたに違いない。

全くなんて嫌な女の子だったのだろう……。

消えた羞恥心

スポーツのない国へ行きたい。

高校時代の私は、しみじみそう思った。とにかく体育の時間が大嫌いだったのである。

中学時代から肥満気味となり、運動神経も最悪だった私は、跳び箱やマットというものをほとんど憎んでいた。高校生になってからもそれは変わらなかった。いや、色気づいた分だけ、さらに嫌悪するものになったはずだ。

何度も書いているとおり、私たちの学校は進学校で女生徒の数が少なかった。一クラスに十人か、せいぜい十二人程度しかいない。よって体育は二クラス合同で行われる。その際、どこのクラスと組まれるかが問題なのだ。国立進学クラスの男の子はレベルが高く、意識しているコがいるからとてもイヤ。私立理系クラスは、すべて男子生徒でとても行儀が悪く、からかわれたりしてとてもイヤ。

とにかく運動神経ゼロの女の子が、圧倒的に数で勝る男の子たちと一緒に、グラウンドや体育館、プールにいると思っていただきたい。自分のぶざまな姿を見せたくないと思うあまり、心も身体もこわばっていくのがわかった。

あの年頃は、スポーツが出来る女の子というのは妙に人気がある。そう美人でも可愛くもないのに、なんとはなしに男の子に囲まれちやほやされている。名前を親しげに呼びすてにされたりして、私はどんなに羨ましかったろう。

大人になってよくわかったのだが、体育の時間というのは、どこか性的なものと結びついている。ブルーマーを見て胸をときめかすのは、何も中年男ばかりではないだろう。体操着になると、俄然魅力を増す女の子というのはいる。制服ではそう目立たないが、ブルーマーになると、よく伸びた脚やキュッと上がったヒップが魅力的だったりする。私にはそういうものが全く備わっていなかった。私の脚は太く、全体的に締まりのない体型である。これで駆けっこでも早ければいいのだが、皆から半周遅れるような運動神経のなさだ。

ただひとつ好きなのが水泳だった。といってもきちんとしたフォームで泳げるのではないのだが、全く泳げないコが何人もいる中、私は一応パシャパシャと進むことが出来る。まあ、他の種目よりボロが出ないということだ。

今でも桃畑の横にあった、あの古いプールをはっきり思い出すことが出来る。なんでも県で二番目だかに出来た、本格的プールだという。歴史があるということで、あちこちにヒビが入っている。私はこのプールが大好きだった。水に潜り、ぷうーっと顔を出すと、真青な空と、桃畑の緑が目に飛び込んでくる。盆地の熱い陽ざしと入道雲……。

ある時、男子生徒と私たちはプールを半分ずつ使っていた。二クラス分といっても二十四人。あちらの男子生徒は六十数人いる。その時、男子を指導していた教師が言った。

「男子は上にあがって、女子の泳ぎを見学！」

男の子たちは喜んで、がやがやとプールサイドを囲んだ。年頃の女の子たちが、水着姿で中に閉じ込められたと思っていただきたい。

男の子の前でカッコいいところを見せ、向こう岸まで泳ぎたいが、そうなると、かなり長いこと歩いて戻ってこなくてはならない。水着姿で、たくさんの男の子の前を横切るのだ。それが嫌で、たいていの女の子が途中でやめた。私はどうしたか。

パシャパシャとかなり頑張って泳いだと記憶している。水泳は唯一私が人並みに出来るスポーツなのだ。いいところを見せたかった。その心が水着の恥ずかしさを上まわったのだろう。

少女の岐路

マットの上で腹筋をしながら、これで何回めのダイエットかなあ、と考えている。最近週に三回、個人トレーナーについて、マンションの一室でずっとトレーニングを続けているのだ。もちろんものすごくお金がかかる。おそらくいちばん贅沢なダイエットではないだろうか。

思い起こせば、もの心ついた頃から、ずっと肥満と戦ってきたような気がする。いや、小学校卒業まで、私は背の高いすらりとした少女であった。暗黒の時代が始まったのは中学校からだ。

思春期独特のぼってりとした脂肪がつき始めたのである。今よーく分析してみると、あれは確かに岐路だった。赤ん坊の頃から知っている幼なじみたちは、殻を脱ぎ捨てるようにしていっきに綺麗な少女に変身していったのだ。男の子たちにもモテていく。

何が何だか魔法につつまれたよう。彼女たちに比べ、あのすらりとした少女はどうなっていったか。ぼてぼてに太り、身のまわりに全く構わなくなって、たちまちいじめられっ子になっていったのだ。

そしてそのまま高校時代へ突入する。「変わっている」は「面白いコ」となり、私はたちまち人気者になっていった。けれどもデブなのは変わらない。

時々思い出したように、私はダイエットを始めた。時は和田式の全盛期である（三十年後、また始めるとは運命というものであろう）。本を読んで、毎晩体操をする。

そしてその後は、ご飯をひたすら抜いた。今で言う炭水化物抜きダイエットである。が効果は全くといってなかったように記憶している。長続きしないのだ。

ある女性が私にこんなことを言ったことがある。

「大学時代つき合った、初めての男性とどうしても切れなかったのは、高校時代太っていたからだと思うわ」

七十五キロあった。女子高だったのでそうみじめな思いはしなかったけれども、コンプレックスのかたまりになった。

「私なんか一生、男の人とつき合えないと思ってたのよ」

やがて大学生になり、そう努力したわけでもないのに彼女はスリムになり、みるみる美しくなった。そして恋をしたのであるが、この彼とは十年近くつき合った。

「向こうに恋人が出来て、何度も裏切られたのに、どうしても切ることが出来なかったの」

一生人に愛されないかもしれないという飢餓感が、男に必要以上の執着をつくるのだろう。

この気持ちはよくわかる……と言いたいところであるが、私はその切羽詰ったものも持っていなかった。男の子にモテたいとは思ったものの、あまりにも遠い話だったので切実感がないのである。ひたすら食べ、ぼてぼてに太り、アイロン光りする汚い垢じみた制服を着ていた私。

どうして切実に痩せようと思わなかったのか全く不思議である。

ところでうちの親戚の子が、二十歳でやっぱり太っている。今どきちょっと珍しいくらいぼってりした身体つきだ。服装も限られてきて、おしゃれに縁遠いコだ。性格はとてもよいし、真白い肌に可愛らしい顔つきをしている。痩せたらどんなに美人になるだろうかと思うのだが、彼女は一向にそうしない。

「あなたね、青春は一回きりしかないのよ。いま頑張らなくていつ頑張るのよッ」

と注意しようとして、言葉を呑み込んだ。彼女はまさしく高校時代の私である。痩せるという内面の葛藤を、人にあれこれ言われるのはどんなにイヤなことか私は知っている。劣等感にプライドがこびりついている。それが肥満ということなのだもの。

若さは実はいろんなことを邪魔しているのだ。

十八歳の春

今の若者は夢を持っていないというけれども、昔の若者も同じだったような気がする。

まわりから期待され、一流校をめざす秀才ならともかく、田舎の凡才がそうたいしたことを考えられるはずがない。そもそも情報が少ないのだ。

「子どもの頃から、作家をめざしていたの？」

と、多くの人から質問を受けるのであるが、とんでもないと私は答える。自分と本を書く人間との間には、途方もないぐらいの距離があると思っていた。

ただ文学少女であったため、漠然と本を作る人にはなりたいと考えていたはずだ。

「そうだ、私は出版社に勤めて、編集者という人になろう」

と思いついたのは、いったいいつ頃だったろう。大学生になってからのような気がする。出版社に入社するのは、それこそ宝クジに当たるようなものだということを、当時は知るよしもなかった。田舎の少女の頭の中には、ショルダーバッグを肩から下げて、さっそうと歩く女性のイメージしかなかったのである。

今思い出してみると、他のクラスメイトたちも、私と似たりよったりだったような気がする。みんな目先のことしか考えていなかった。

とにかく東京へ行く。東京の大学生になって楽しい青春をおくる。すべてはそれから、という極めて享楽的で曖昧なものである。

そういえばホームルームの時間に、

「私たちはなぜ大学に行くの⁉」

というテーマで話し合ったことがある。その時も皆、

「親が行けというから」

「東京で四年間過ごすのも意義のあること」

などという類の話しかしなかった。中にただひとり、

「私は公認会計士になるという目的があるので、そのために大学へ行きます」

ときっぱりと言ってのける女生徒がいて、みんなへーっと驚嘆の声をもらした。公認会計士などという職業を聞いたのも初めてだったからである。

やがて春になり、成績順で分けられた私たちのクラスの大半は、東京の二流大学へと進んだ。スポーツ枠で早稲田に入った生徒がひとりいたぐらいで、後は聞いたこともないような大学名であった。が、みんなとにかく、

「東京の大学生になる」

ということには成功したのである。

が、たいていの友人は、その後故郷に帰ってきた。「夢破れて」という感じではない。そもそもそんなだいそれたものは描いていなかったのである。

私にしてもそうだ。東京の大学生になりさえすれば、すぐ恋人が出来、結婚ということになるかもしれない。そうじゃなかったら、ＯＬになろう、というぐらいのことしか頭になかった。もしそれがかなわなかったら故郷に帰ってくるのもいい。東京の四年間というのは「ちょっとお客にいくところ」だったのである。それなのにこの東京に、もう三十年も住んでいる。今あることは「東京の大学生になりたい」という延長線にあるものだ。

あの十八歳の春のことは忘れまい。ともかく受験勉強を終え、後は東京で下宿を見つけるだけの長い春休み。本当に幸せだった。どうしようもないぐらい幸せだった。全くどうしてあんなに幸せでいられたんだろう。夢など持っていなかったくせに、夢

がかなうような気がした。いや、東京へ行けば夢ははっきりとした形になると信じていたのであろう。

ソックスの膝のうす寒さも、はっきりと憶えているあの春休み。

林真理子　中学校の修学旅行記

横浜の夜

加納岩中学校三年　林真理子

片手に昼間潮干狩りでとった貝を持ち、昨夜の寝不足と疲れで、よろよろしながら私は、バスから降りた。

私達が、最後のバスで、前に着いた人たちは、もうロビーに整列している。「急がなければ」と思った瞬間、私は敷き物につまづいて見事に転んでしまった。転んだのは、朝からこれで二回目だ。全く今日の私はどうかしている。顔から火の出る思いでみんなのあとをぞろぞろと部屋に向かった。

高い二段ベッドの並んだ狭い部屋が、私達の一夜の城である。荷物をとくひまもなく食事の時間となった。食堂へ入って驚いたことには、ベルトコンベアで食器が、動いていることだった。セルフサービスと前から聞いていたが、まさかこんなものだとは、思わなかった。

「学生会館」と名のるだけあって味こそ東京風のあっさりしたもので、口に合わなかったが、カロリーといいボリュームといい昨夜泊まった日光の旅館に比べると、さすがにゆきとどいていた。

食事が終って部屋にもどってから、私は夕べの夜ふかしとおしゃべりがたたって、ひどいかぜ声になってしまった。昨夜は、三時間ぐらいしか寝ていないので、今夜こそぐっすり眠ろうと目を閉じたが、電気が明るくついているのと話し声でなかなか眠れない。

「女三人寄ればかしましい」と昔の人はうまいことをいったものだが、この部屋には、三人の七倍もいるのだからそのかしましさたるやお話にならない。私もその同類に入るらしくみんなの話し声を聞くと、さっきのけなげな決心はどこへやらじっとしていられなくなった。かすれた声でしゃべれるだけしゃべってうとうとする目で、遊べるだけ遊んだ。頭が、がんがんする。ふととなりのベッドをのぞくと渡辺さんが、かすかな寝息をたてて、静かに眠っていた。

「もう寝よう」と私は思った。

目をとじて深呼吸した時なぜか今、——全く不思議なことに——初めて修学旅行で横浜に来ているのだという実感が、ひしひしと胸に伝わってきた。そして、私はいつのまにか深い眠りについた。

——修学旅行記より（昭和四十三年度）

純情な時代

東京の家

東京はとても遠いところであった。

高校を卒業するまで、数えるほどしか行ったことがない。それが高校三年生になったとたん、出かける機会が増えた。進学のためである。

仲よしのA子が、大学見学に行こうと誘ってくれた。彼女の父親も一緒である。まずはお父さんの母校である早稲田に向かった。私の成績からして、受験することさえ考えていなかったこの学校になぜ向かったかというと、見栄というものであろう。その後分相応の学校にも行ったような気がするのだが、なぜか早稲田大学のことしか憶えていない。よほど印象が強烈だったに違いない。

次は模擬試験のために東京に一泊した。A子の親戚のうちに泊まったのである。古くて大きなうちだった。A子の従兄は上智の仏文科に通う、神経質な青年だったと記憶している。私は当時流行していた星マークのバッグを持っていたのだが、いい加減に半分しか閉めていなかった。三つ子の魂百までとはよく言ったもので、今でも私は、ファスナーなどというものは、半分閉まっていればいいと思う人間である。たぶんその時もだらしなく、半分位バッグが開いていたのだろう。神経質な人でなくても気になるだろう。

「バッグが開いてますよ、バッグが」

朝、私たちと家を出る時に、その青年はやや甲高い声で私に注意したものだ。

「それから靴の紐がほどけてますよ」

東京の知らない家に泊まり、これから模擬試験に行く私が、さらに緊張したのはいうまでもない。

そして本番の入試の時が来た。今ではホテルに泊まるのであろうが、昔の学生というのは親戚や知人宅のやっかいになったものだ。私が泊まったのは、母の親友のおたくであった。そこは私が初めて触れる「東京のお金持ち」で、田舎娘の私は心底おじけづいた。美しい三人の娘がいて、末っ子は私と同い年である。小学校から有名女子大の附属に通い、高等部のゴルフ部の主将をしていた彼女は、何から何まで私とは違う。美容院にしょっちゅう行っている、美しくブロウした髪。薄化粧した顔は、すっかり大人という感じだ。

高校卒業の記念に、ホテル・オークラのレストランで仲よしグループの食事会をしたなどという話を聞いても、あまりにも遠い話で、羨望さえも起こらない。

この家に三泊した。私を送ってきて、その日のうちに母は山梨に帰ることになった。今は道路拡張のために半分以上壊されているが、当時その高級住宅地は、ツタのからまる美しい石垣に支えられていた。美しく古い階段があった。そこを降りて駅までの道に行くのである。夜の道を、母と階段まで歩いた。もうここまででいいよと母は言い、私は心細さで胸がいっぱいになる。知らない家に泊まるのは初めてで、しかも東京のお金持ちの華やかさに、私はすっかり気後れしているのである。お風呂の使い方や布団の畳み方に気をつけるのよとくどくどと注意した後、母は小さな包みを私に渡した。生理用品であった。もし急なことになったら、どれほど困惑するだろうという親心であるが、私はそれをとても田舎くさいお節介だと思い、

「いいよ、こんなもの。いらないの」

とつっ返した。そして階段の下で別れ、その家に向かって歩いていった。

あの夜のことを、どうしてこれほどはっきりと憶えているのだろう。突然差し出された小さな包みに対しての怒りとはじらいの感情も呼び戻すことが出来る。大好きだ

った母をうとましく感じたことさえも。東京という街に、しんから緊張していたのだろう。今なら一時間半で行けるところである。

つかの間の自負

高校を卒業する時、学校から小冊子を受け取った。どれほどの程度の学力を持っている生徒が、どういう大学に合格しているかという一覧表だ。

ひとりの生徒を追って、入学時から卒業時までの学力テストの成績と、合格した大学、不合格の大学がひと目でわかるようになっている。無記名であるが、合格した大学を見ればすぐに誰かわかる。今だったらプライバシーの侵害ということになるのかもしれない。

それを見て私は驚愕した。入学時の私の成績はなんとA′なのである。当時私が通っていた高校は、県下でも有数の進学校であったから、これはかなり優秀といえる。ちなみに卒業時A′の生徒は、青学、立教といったところに進んでいるのだ。

この時、私は過去のもやもやしたものが、いちどにパーッと晴れたような気がした。

もう少しこのことを早く知っていたら、私の心のありようはかなり違っていたろう。

　中学校時代、私はいじめられっ子であった。担任教師からも厄介視され、学校生活にいい思い出がない。そしてこのことを私は何度も書いているのであるが、中学三年のある日、子ども心に「新規巻き直し」ということを考えた。

　そして私が狙ったのは、各中学校からトップクラスの女生徒が集まる高校であった。毎年うちの学校からは、上から十人ほどの女生徒が行く高校に、私は志望校を替えたのである。これは思っていた以上の反発があり、同級生の女の子たちから、面と向かって非難された。うちの母でさえ、中学の担任ではない教師から嫌味を言われたそうだ。

「女の子が行きたがると、その分男の子がひとり落ちるんですよ。私立や商業高校へ行かなきゃならないんですよ」

　そんなわけで晴れて憧れの高校に進学したものの、心は晴れ晴れとしない。私みたいなものが、ここに来てスイマセン、という気持ちであった。それに拍車をかけたのが、入学してすぐの委員の任命である。入学してすぐであるから、クラスの各委員の任命は、担任の教師が決める。その時、なんの委員にもならなかったのは、クラスの女生徒十二人中、私ともうひとりの女生徒だけであった。

「やっぱり私はミソっかすだったんだ。女の中で成績順でギリギリのところで入ったんだ」

それがA′とは、なんということであろうか。受験時にかなり勉強したこともあり、高得点で堂々と入学していたんじゃないか。

それならば、私はなぜ任命されなかったのか、という疑問にいきつくのであるが、担任になった教師は、昔からの本屋であるうちのお得意さんで、母と懇意の仲であった。だからはずれた二名の中に、私を入れたのではないか。

いや、いやそんなことはない。おそらく教師は、私のだらしなさやいい加減さをすぐに見抜いたのであろう。考えてみると、大学へ入ってからも、バイト先でも私は責任ある役についたことがない。学生時代、私はあんみつ屋でバイトをしていたが、そこでは代々厨房の中でリーダー格の女の子が任命される。私がいちばん古株なので、当然私になると思ったところ、飛び越えて高校生がなったこともある。頼りないちゃらんぽらんさは、子どもの時かららしい。

ところで話はまだ続きがある。A′だった私の成績は、三学期にはDに凋落していた。期待されないと、人はいかにやる気をなくすかという卑近な例である。

世界の入口で

ドラマティックな人生というものに憧れていた。それがどういうものかよくわからなかったが、とりあえず外国で暮らすのだろうということぐらいわかる。

けれども田舎の高校生にとって、外国（当時外国というとアメリカ、ヨーロッパのことであるが）ははるか遠いところにあった。それがどんなに遠いものだったのか、今の人には想像もつかないだろう……。なんかおばさんっぽい言いまわしだが、本当のことだから仕方ない。

高校生が留学するなどというのはとんでもない話で、大金持ちの子が私費留学するか、あるいはAFSの試験に受かるかであろう。前にもお話した秀才の双子姉妹のひとりが、この試験の最終に残り、学校中で大騒ぎになったことがある。

が、さらに驚くことが起きた。高校二年の時、同級生のA子が夏休み、イギリスに旅行したのだ。彼女は金持ちの医者の娘であるが、十七歳の子がヨーロッパへ行くなどとはとんでもない話であった。彼女は仲よしにだけお土産を買ってきていたが、モザイク模様のブローチを、私はどれほど羨ましい思いで見ていたことだろう。

ところが高校を卒業したとたん、私はパリへ行くことになったのである。これはいろんなところで書いているから知っている方もいるかもしれないが、作文の懸賞に入賞したためだ。十七歳のイギリス行きも珍しかったが、十九歳のパリ旅行も珍しかった。私は写真をいっぱい撮ってきて、皆に見せびらかした。学生がヨーロッパに卒業旅行に行き始めるのは、それからすぐのことだったけれど。

さてパリから帰ってきた私は一念発起した。フランス語をマスターして、ソルボンヌに留学する、とまわりに誓った。ソルボンヌといっても、附属の語学学校のことだ。時々学歴詐称が問題になるが、私の年代で「ソルボンヌ留学」としてあったら、たいていこの語学学校だと思っていい。

それはともかく私は本気であった。ローンでリンガフォンを買い、第一章から始めた。が、少しも上達しない。今も昔も、私と語学ほど性に合わないものはないのだ。コツコツ知識を積み立てていく作業が苦手、早い話が飽きっぽく根性がまるでない性格なのである。

そして私はすぐにフランス語を辞め、日常生活に戻る。ただちょっぴりだけ成果はあり、第二外国語のフランス語の成績が上がったのだ。一度などフランソワーズ・サガンの原書訳の試験で満点を取ったことがある。ヤマがあたったとはいえ、後にも先にもこんなことは初めてだ。

が、不思議なことがある。大学を卒業した時、私は就職浪人となった。どこの企業からも落とされ、何年間かアルバイト生活が続いた。あの時代は、どうして外国へ行こうと思わなかったのか。そろそろ世界を放浪する若者が出てきた頃である。アメリカのどこかの街で、ニッポンレストランのウエイトレスをしてもよかったのだ。そうすれば英語ならふつうに喋れるようになったろう。けれども当時の私は、日本を脱出することをまるで考えなかった。急に臆病になったせいだ。アメリカやヨーロッパをうろうろして、デラシネになることを怖れていた。デラシネというのは、その頃五木寛之さんが流行らせた言葉で、根なし草という意味である。そんなもんになったら、まともな結婚生活が出来なくなる。もうまともな人生をおくれなくなると考えた私は、本当に小心な田舎者である。

そして私はアルバイトを細々として、いろんな人に会った。自分のみじめさととことんつき合った。思いきりドメスティックに生きたことは、その後私が作家となったことと無関係ではない。

私は都合よく大胆になったり小心になるタイプの人間だ。今思うとツジツマが合うように出来ていたのだろう。

すり替えられた感傷

故郷の駅に降りるたびに、あーあとため息をつく私。

日本の地方都市のいたるところで見られる新建材だらけのつまらぬ駅前になってい・るからだ。駅前を開発しようという話は、バブルの頃からあったらしい。東京からコンサルタントを招き、何度も何度も設計図を描いた結果がこのとおりだ。道を拡張した分、ひややかな感じになって、通る人も少ない。しかし、これまた典型的な話なのであるが、車がやたら増えた結果、人口三万の駅前商店街はシャッター街になりつつあった。起死回生をめざす、というわりにはここの町の人たちはのんびりしているのであるが、とにかく頑張って駅前を変えようとしたらしい。その結果がつまらない町になったなあと本当に思う。

私が育った頃、商店街は古くていい建物がいくつもあった。わが家の前の旅館など、今ならそれこそ歴史的建物といわれて大切にされたろう。駅前の土産物屋は、昭和初期の風格あるものであった。小さな駅前商店街に本屋はうちも含めて三軒もあったが、どこもちゃんと食べていけたのだから、母の言うとおり、

「ちゃんと文化があった、本当にいい時代」

だったのだ。

ここの商店街の人たちは、みんな本当に仲が良くて、夏休みには皆で旅行にも行った。日曜日ごとに近くの石和温泉へ行ったのもよく憶えている。古い二流の旅館だったが、円形の大きなプールがあり、私たち子どもはそこで泳いだ。二階の座敷で、お弁当を食べ、だらだらと昼寝をしたり民謡を歌った。

が、こういう牧歌的な楽しさも、成長するにつれ次第に薄れていく。わが家のボロさ、古さが、高校生の私にはたまらなく嫌になっていったのである。

私のうちは本家にあたる菓子屋の隣りに、ぴたっと寄り添っている貸家の一軒であった。菓子屋の方は、昔の商家のつくりでだだっ広い。裏には作業場や、かまどのある台所もあった。

しかし私のうちは、狭いうえに材木もろくなものを使っていないのが一目でわかった。障子を閉めると、何センチも隙間が出来るし、雨もりもしょっちゅうだった。

あまりにもボロいので、もの心つくと友人をつれてくることも出来なくなった。

母はよくこう言ったものだ。

「おばあちゃんが、うちを建てろ、ってしょっちゅう言ってくれたの。とみ子に言えば銀行はいくらでもお金を貸してくれる。真理子が小学校に入るまでにちゃんと家を建てろってね。でもあんなお父さんじゃ、私はとても家を建てる自信がなかった……」

祖母は八十四歳で死ぬまで、本家のゴッドマザーとして君臨していた。とみ子というのは、私の叔母で、祖母にとって長男の嫁にあたる。早く未亡人となった後、菓子屋の女主人としてかなり苦労していたらしい。この人は働き過ぎで、真夏の午後、突然倒れたきり逝ってしまった。まだ四十八歳の若さであった。それから二年後、祖母も死んで、わが家を建て替える話など、母の口からも出なくなった。

「うちは夏暖房、冬は冷房だから」

と母は笑っていたけれども、思春期の私はそうはいかない。ちょうど日本の景気がよくなる頃で、友人の何人かは新築した家に住んでいた。サラリーマンの彼女たちの家が、どれほど羨ましかったろう。

商家であることも、私の小さな自尊心を傷つけた。同級生の男の子から、

「お前んちで本買ってやったぞー」

などとエバられるたびに、本当につらかった。高校時代、私は東京へ行くことばかり考えていた。このボロい古い家のことなど忘れてやると思っていたのに、それが痕かたもなく消えた町を見ると、悲しくてたまらなくなってくる。

純情な時代

今、大阪万博のことが話題になっている。

なんとパワーに溢れ、人々に愛された博覧会であったろうか。今や万博というものは、必要とされていないのではないかという論議も盛んだ。

そう、あの夏のことはよく憶えている。人々は炎天下、長い行列をつくり、ゲートが開くやいなや、いっせいに走り出した。おめあてはアメリカ館かソ連館、二大強国が存在していた時代である。アメリカ館では「月の石」が呼びもので、ただの石っころを見るために、三時間も四時間も並んでいたのだ。

私は高校二年生、京都行き修学旅行に万博が組まれていた。楽しみでウキウキ、といいたいところであるがそうでもない。この時期と高校総合体育大会が重なってしまい、スポーツ部に所属している生徒で、別の団体が組まれることになった。つまりクラスの半分の男の子が、ごっそり抜けてしまったのである。言っちゃナンであるが、後に残ったのはカスみたいな男の子ばかりだ。昔の高校は文武両道が盛んに言われ、成績のいい男の子はスポーツもきちんとやるのが決まりであった。

が、ともあれ修学旅行は行われた。京都にはこれといった思い出もない。ただ暑かったのを憶えている。おばあさんたちのガイドが、仏像の前でこう言った。

「ぼんたち、仏さんの前では帽子をとりまひょ」

反射的に帽子を脱ぐ男の子たち。昔の高校生というのは、なんと純情だったのだろう。

万博はまあまあ面白かった。ちょうどイベントが行われていて、ザ・ピーナッツが振袖姿でステージの上に立っていた。ずっと後ろから写真を撮り、後で豆粒のような彼女たちの姿を、みなに見せびらかしたものである。

根性なしの私は、もちろんアメリカ館、ソ連館という人気どころはパスした。長く並ばなくてはならないのが嫌いだったのだ。

そして私が選んだのは、人がほとんどいなかったカナダ・ケベック館だ。行列している時、コンパニオンの女性が私たちにいろいろ説明をする。

「みなさん、ケベック州ではフランス語が使われているんです。ですからみなさん、この中に入ったら、ボンジュール、と言いましょう。ボンジュール！」

「ボンジュール！」

高校生だけでなく、昔の人々も純情であった。そこに並んでいた人たちは、いっせいに「ボンジュール！」と声を出したのである。

ケベック館に何があったのかも、全く記憶にない。

しかしこれには後日談があり、二十年後作家になった私は、カナダのケベック州を観光旅行する。あちらの観光部長さんたちとディナーをしている最中、私はこのことを披露した。

「その時、ケベック館の前には、ハンサムなカナダの男の人が二人立っていました。私は彼らに習ったとおり、ボンジュール、と言いました。彼らはすぐにボンジュールと返してくれました。その嬉しかったこと。私がフランス語を使った最初の時です」

外国人（欧米人）というのは、この種のサービスを喜んでくれる。

「それは、それは」

部長は大げさな声をあげた。

「あなたとケベック州は、昔からご縁があったんですね」

あの夏の日、制服を着た田舎の少女。暑さのためにかなり不機嫌になっている。カッコいい男の子が誰もいない修学旅行。ただケベック館の「ボンジュール！」だけを、はっきりと憶えている。

が、それで私が国際的な活躍をしたり、語学が達者になったわけではない。ただ山梨の高校生が外国に触れた最初である。ハンサムなカナダ人は青い制服を着ていた。

サナギの思惑

私は大層だらしない。自分でもそのことはよく認めている。

少し前「片づけられない症候群」という言葉が出てきた時、これは私のことだと思った。子どもの頃から、部屋が汚く、服装がだらしないと、母からどれだけ叱られたことであろう。ひとり暮らしの頃は、決して誇張でなくゴミが層をなしていた。新聞紙にミカンの皮、お弁当箱などが、本当に積み重なっていたのである。

今私がふつうの主婦をしていたら、子どもの服はボロボロ、団地の部屋からは悪臭が漂い、それこそ保健所に通報されていたことであろう。自分で多少稼げる身の上になって本当に良かった。家には家政婦さんがいて、ウイークデイはたいていのことをやってくれる（よってわが家の夫婦喧嘩は、彼女が来ない週末に起こる）。靴下の洗濯がたまり、ストックがなくなったら、すぐに新しいのを買えばいい、洋服だって同じだ。クローゼットには服がうなるほどあるのだ。何を持っているのかすぐに忘れ、同じものばかり買ってしまう。が、とにかく新しいものを買ったり、クリーニングするお金はある分、そう悲惨な状態にはなっていない。何よりも昔に比べ、″しゃれっ気″というものが生まれているから、まあ何とかかんとかやっているわけだ。

　今でも思い出すたび、ぞっとすることがある。高校時代の私というのは、どうしてあんなに汚かったんだろう。しゃれっ気があるとか、ないとか、そういうレベルの話ではない。着るものに対して、まるで興味がなかったのである。そのうえ年頃の娘らしい清潔感を持ち合わせていなかったから最悪だ。

　高校入学の時、制服をつくった。ジャンパースカートにブレザーという組み合わせである。五月になる頃母が言った。

「夏服をつくってあげる」

　けれども私は即座に断った。

「いいよ、別に。どうせ夏休みになるし……」

　考えてもみてほしい。学校の休みはあったというものの、三年間、夏も冬もなく、同じものを着続けたのである。最後にはアイロン光りでてかてかになっていた。プリーツスカートだからよく寝押しをした。寝押しというのも今の人は知らないかもしれない。夜、寝る前に布団の下に敷き、一晩自分の体重でぴしっとさせるのだ。が、すべてにいい加減な私は、ちゃんとプリーツを整えておかないため、とんでもないところに襞がついたりした。それを平気で着ていったのである。

それどころではない。ジャンパースカートの脇のホックがとれた。ふつうならばすぐにつけ替えるところ、何ヶ月もそのままにしておく。

「上にブレザー着ればわからないじゃん」

ところがある時、朝会の後、突然教師が言った。

「これから体操をする。全員上着を脱げ」

こういう抜き打ちをやられると、だらしない者は本当に困る。その頃は好きな男の子も出来、多少色気も生まれていた。が、右手で脇を隠しラジオ体操した姿は、どれほどみっともなかったことだろう。

もっと恥を言うと、私は生理中に時々失敗をした。昔の女の子のこれに対する潔癖さというのは、とても今の子の比ではない。もしナンカ起こったりしたら、一生の恥としたものである。このあいだパルコ劇場にお芝居を見に行ったら、エレベーターの中に薄く汚れたナプキンが落ちていて、心臓が止まるほどびっくりした。が、エレベーターを操作していた若い男性も知らん顔していたからそういう時代なのだろうか。

さてスカートをちょっぴり汚してしまった私、が、思う。「プリーツで隠れるからわからない」。ある時、体育館で床に座っていた時、同級生から注意された。

「アンタってサイテー」

そう。今でもあの声が時々甦る。全くどうして私はあんなにババっちかったんだろう。そう暗い青春をおくっていたわけでもなかったのに、自分の容姿に気を配ることを放棄していた。おそらくここは私の場所ではない。いずれサナギから蝶になり、どこかへ飛んでいくんだもんと居直っていたのではないか。今ではなく、未来への妄想で生きていた女の子は本当に小汚かった。

視線の先には

週に三回、個人トレーナーについてエクササイズをして、かなりハードなメニューをこなしている。

トレーナーが言うには、

「これは運動選手に近いメニューですよ」

だそうだ。そしてこうも続ける。

「ハヤシさんは筋肉もあるし、運動能力も高いです。ただスポーツが嫌いで、やる気がなかっただけです」

この話をすると、私のまわりの人たちは笑い出す。昔を知っている人ほどそうだ。

「お世辞に決まってるじゃないの」

と母は私を叱ったほどである。

けれども先日、試しに外苑を走ったところ、そう苦しむことなく、二周出来た。それ以外のきついトレーニングも、今のところちゃんとついていっている。

運動能力が性格と共に変わってきた、ということではないかと思う。

このエッセイでもたびたび書いてきたことであるが、少女時代の私は、根性とか向上心というものとは無縁であった。跳び箱も鉄棒も、マット運動も、やる前から諦めてしまう。

「どうせ出来っこないもん」

体育の時間をどれほど呪ったことであろう。何をやってもビリッケツ。というよりも人並みに達していなかったのである。

が、中高時代というのは、スポーツ好きの女の子というのは、それだけで人気がある。たいした美人とは思えない女の子が、バレーボールやハンドボールの選手だというだけで男の子に騒がれる。それがどんなに羨ましかったことであろう。

高校生といえば充分色気づいている年頃だ。おまけに私は、当時から「自意識過剰のカタマリ」のような女の子であった。体育の授業中、男子生徒のクラスが同じ校庭や体育館にいるだけで、そわそわと落ち着かなくなるのだ。ぶざまな姿を男の子に見られたくない、そればかり考えて、さらに失敗してしまう。

一度などハードルをみな倒したうえに転んだ私を、男子生徒みんなが笑った。あの時のことは今でもよく思い出す。

運の悪いことに、私のいた高校は旧制中学の流れを汲む、スポーツがやたら盛んなところであった。男子八十キロ、女子四十五キロを歩く秋の競歩大会の他に、十キロマラソン大会がしょっちゅうある。この嫌だったこと嫌だったこと……。

ビリッケツで、ハァハァあえぎながら走る私は、折り返してくる男子生徒たちとぶつかることになる。本来ならすれ違わないように配慮されているのであるが、並外れて遅いために、先頭グループと会うことになる。中にスポーツも成績もいい、憧れの男子生徒がいる。彼が私に声をかけることはない。が、他の男の子がからかう。

「ガンバレよ」

「ほ〜、ほら、ゴールは近いぞ」

あの時私は気づくべきであった。自分がそういう対象から全くはずれていることにだ。けれども「自意識過剰」の私は、男の子の視線に、自分はかっきり入っていると信じていたから始末が悪い。

ある冬の日、女子の体育の時間、教師が言う。まずはマラソンをしよう。校庭を出て、まわりの桃畑を一周し戻ってくること。私たちはスタートラインに立った。なぜか窓から男の子が見ている。自習の時間らしい。手を振ったり、声をかけたりする。そのため、私はもう冷静ではいられないのだ。

よーい、どん、と走り出す。なんと私はトップである。当たり前だ。力の限り全力疾走をした。校門を出るまでトップでいたい。男の子たちの目があるうちは……必死で走る。マラソンではなく、百メートル競走のように走る。が、すぐに校門のところで抜かれ、桃畑に行く頃にはビリになった。そしてみんなよりかなり遅れ、ひとりよろよろと戻ってくる。スポーツが大嫌いだった。そして私はそれと完全には和解していないのである。

靴がない

靴の話をしよう。

私は足が大きい。ただ大きいだけならいいけれど幅がある。日本のサイズだと二十四・五センチということになるが、流行の靴を履こうとすると大変だ。ご存知のように、最近の靴は、みんな爪先が細くとがっている。となれば、ツーサイズ大きくなり、そりゃもう大変。しかしよくしたもので、今の日本はお金さえ出せば、海外ブランドの大きいサイズの靴が手に入る。私はプラダ、シャネル、といった靴を愛用しているが、それこそ三足、四足とまとめ買いをする。おかげで私の家は、それこそ靴で溢れている。が、いくら靴がたくさんあっても、まだ私は不安になる。この靴がすり減ってボロくなったら、私は履くものがあるのかしらという恐怖だ。

子どもの頃から、あんまり可愛い靴を履いたことがない。ずうっと運動靴で過ごしたような気がする。よそゆきのストラップの靴はすぐきつくなり、子ども用でもうサイズはないと言われた。

　高校時代、スケート教室へ行く時には進退窮まった。

「滑らなくて暖かい靴を履いてくるように」

　というお達しがあったのだが、当時私はスニーカーしか持っていなかったのである。そのスニーカーのことはよく憶えている。靴がデニム地で、白い星が並んでいた。「ラブ&ピース」時代の、あの星である。そのスニーカー以外には、つっかけに近いサンダル、そして茶色の人工皮革のローファーくらいだったのではないか。そろそろ世の中に可愛いブーツが出まわり始め、同級生たちはボンボンのついたそれを遊びの時に履いていた。たぶんスケート教室にもそれで来るだろう。しかし私には靴がない。「傘がない」というのは、あの頃の井上陽水の名曲であるが、靴がない女の子というのも相当みじめなものである。

　うちの母は、近所の靴屋に連れていってくれ、ブーツを探してくれた。けれどもボンボンのついたブーツで、私に合うものはない。私は高校時代から二十四・五センチだったのである。靴屋のおばさんが選び出してくれたのは、ごっついショートブーツであった。底が絶対に滑らないようにギザギザになっている。

「これは丈夫でいいよ」

靴屋のおばさんに勧められ、家に持って帰った。しばらくは嬉しくて眺めていたのであるが、やがて気づいた。これは工事のおじさんが山道で履く靴なのだ。十七歳の女の子が履いたらあまりにも可哀想だ。

母に言った。

「おばさんは流行の形をしているって言ってたけど、これ、どう見ても工事する時の靴だよ」

母もそうだと思ったのだろう。すぐに返しに行ってくれた。

上京してからも、靴にはどれほど苦労したろう。買うのは、いつもデパートの最上階。よくバーゲンしているところだった。そこにサイズ別のコーナーがあり、二十四・五、というところがいちばん大きなサイズを示すところに少ない数の靴が並んでいた。今でもよく憶えている。ギョーザみたいに皺がよったローファー、先が丸っこいパンプス、どれも人工皮革で、おばさん用の型をしていた。

大学生の頃、母の親友がよく私のめんどうを見てくれていたのだが、そこには美しい三姉妹がいた。みんな小学校から日本女子大や学習院に通っていた、典型的な東京のお嬢様たちだ。三人女の子がいるのだから、玄関には靴が溢れていた。どれもシャネル、シャルル・ジョルダン、ランバンといったブランド靴だ。ヒールが細く、信じられないほどきゃしゃな形をしていた。今でも靴は女そのものだという気がする。九センチの細いヒールを軽々履きこなす女たちが本当に羨ましい。私は靴はたくさんあるが、みんな低いかかとのものばかりだ。今でも華やかで美しい、あの玄関を思い出し、私は胸がせつなくなる。

スクリーンは闇の中

映画館に行く楽しみを憶えたのは、高校生の時だ。

バスや自転車で通学すると、隣り町から思いの外近いことがわかった。私の住んでいる町と同じくらいの大きさなのに、私の町から消えた映画館がちゃんとあった。けれどもかなりボロい映画館である。

映画館の闇の中に身をひたす快感というのは、おそらく若い時に身につけるのだろう。

高校時代、私は映画と友情を結ぶようになるが、さらに親友といってもいいくらいになるのが、大学に入ってからだ。

入学してすぐグループが出来た。どういうわけか湘南のお嬢さまたちだった。フェリスや鎌倉女子を下から進み、男女共学に憧れてこの大学へ進んできたコたちである。

カリキュラムをうまく組み、あまり学校に来ない彼女たちは、たまに「上京」すると帰りに銀座へ寄った。私も彼女たちと一緒にロードショーを見、そう高くないレストランで食事をする。これはハレの日。

そしてケの日はというと、池袋のあんみつ屋で調理場に立ち、安い学食で済ませた。そして映画を見るのはあの有名な、池袋文芸坐である。ここは痴漢の多いところで、ひとりで映画を見ていた私は、どれほどイヤなめに遭ったろう。隣りに男が座り、なにか違和感を持った私は、膝に置いたファイルを持ち上げた。すると男の手がその下にしっかり置かれていたこともあった……。

とにかくあの頃、本当によく映画を見た。そして昼間、講義の合い間に図書館で「スクリーン」「キネマ旬報」「ロードショー」を読みふけっていたのだから、かなりの映画少女といってもいい。そして私はある日「スクリーン」誌で、「映画評募集」という記事を見つける。

その時、私は、今まで考えもしなかった「映画評論家」という文字が、くっきりと大きく浮かび上がってくるのを感じた。

そうだ、映画評論家になろう。私は映画がこんなに好きで、文章もうまいと思う。だったらなれるのではないか。いや、なれる。そう、なれるに違いない。

映画はその頃見た「きんぽうげ」を選んだ。これを見た人はほとんどいないだろう。当時もあまりパッとしなかった青春映画である。リバイバル上映されることも、BSでかかることもあり得ない。資料からも消えている映画だ。

その映画の何が良かったのかよくわからない。ただ四人の若い男女が、中でごちゃごちゃ恋愛をしたり別れたりし、やがて中年になっていく物語である。当時を反映し、ヒッピーの影響が色濃く出ていて、最後に四人が裸でピクニックをするシーンがある。その時のことがよほど強く印象にあったのだろう。

「真白い透きとおるような肢体の女性と、もうひとりのシミだらけの浅黒い身体とが、性格をそのまま表しているようだ」

などと書いた記憶がある。

かなりの力作を書いたつもりだったのに、このエッセイを送っても何の音沙汰もなかった。

そして今、私はほとんど映画館へ行かない。あれほど歌舞伎やオペラは見るのに、ここのところ足を向ける機会がない。映画は若者が見るものだ。大人は何日も前からチケットをとり、時間をとりわけておいて劇場に行く。若者は切れっぱしのような時間で映画館へ行く。私は今、その切れっぱしがない。

煙草の記憶

背伸びをしなければ成長はない。

これは確かに真実であろう。子どもというものは、みんなワルぶって、あるいは本当に悪いことをちょっぴりしながら、大人になっていくものだ。

ところが高校時代の私は、まるっきり優等生であった。いや、優等生というのはあたっていないかもしれない。勉強は嫌い、運動も嫌い、人望もない、という中以下の女の子である。ただ極端にこわがりだったと言える。世間から「不良」などと呼ばれるのを怖れていたのだ。またそれだけではなく、世の中に反逆するパワーも、知恵もなかったというのがいちばん正確だろう。

こっそり化粧する同級生の悪口を言ったり、煙草を吸う男の子を咎めたりするタイプである。

さて、高校に入ったとたん、私は勝沼から来た男の子たちとすっかり仲よくなった。放課後は彼らの家に遊びに行ったり、ジベと呼ばれる種なし葡萄をつくる作業のアルバイトをしたりしたものだ。ここいらの農家は、たいてい離れを持っている。庭にある一間の家は、最初は老夫婦の隠居所となり、後は子どもたちの勉強部屋になった。仲がいい男の子もこの離れを自分の部屋にしていたものだ。彼らはここで煙草を吸う。慣れた手つきで煙を吐くのを見て、

「あー、いけないいんだ。そういうことをしちゃいけないいんだ」

と大声で言う私。密室でのハイティーンの男の子と女の子との、奇妙な雰囲気を今でもはっきりと思い出すことが出来る。煙草を吸うことで〝男〟を誇示しようとした同級生、道徳家ぶることで〝女〟を誇示しようとした私。ちょっと間違えると危うい感じにもなったかもしれない夏であった。

そして私が、初めて煙草を吸ったのは大学一年生の時である。あの頃、女子大生の喫煙率はかなりのものだったと思う。今よりもはるかに多く、みんな煙草を吸った。健康うんぬんという声もぐっと低く、メンソールの煙草を吸うのは一種のファッションであった。

なにごとも不器用な私は、煙をうまく吐けず「金魚」というあだ名をつけられた。

山梨へ帰る列車の中で「ハイライト」を買い、ひとりぼんやりとふかした。とにかく公衆の面前で、煙草を吸うのが得意で得意でたまらなかった頃である。

そんなある日、

「そんな風に吸うなら、吸わない方がいいよ」

と、若い男に声をかけられた。四国のサラリーマンで出張に来たという。

「今度松山に来ることがあったら、電話をください」

と名刺を貰ったのだが、すぐに失くしてしまった。おそらく運命の恋を信じる人は、そういう名刺を失くしたりしない人だろう。

煙草を吸ったり、吸わない時期がかわるがわる来て、私はコピーライターから、本を書いていっきに有名人になった。あの頃、三十分おきにインタビューがあり、私は煙草をのべつまくなしに吸いながら応対した。

時代の先端をいくカッコいい女性は、煙草を吸うものだと思っていたのだろう。食べに食べ、ぶくぶくに太った。煙草の量は一日ふた箱を超えた。あきらかにストレスである。

そんな時、ちょっと前に別れた恋人から電話がかかってきたのだった。

「知り合いの編集者が、君のところへ取材へ行ったたって言ったから、どんなコだった？

って聞いたら、ふつうのコだったけど、やたら煙草吸ってたって」

この言葉はとても心にこたえた。人と会うのが怖くて、煙草を手放すことが出来なかったのだ。しかしそれからも私はずっと煙草を吸い続け、本当にやめられたのは、結婚してずっと後のこと、ひどい風邪がきっかけであった。

女優の夢

今日は五反田まで「キャッツ」を見に行ってきた。今シーズンの「キャッツ」はこれで二回目、その他にも最近「オペラ座の怪人」「コーラスライン」とたて続けに見ている。かなりの「四季ファン」といっていいだろう。最近の「劇団四季」は、あまりにも巨大化し過ぎていて、俳優さんたちが小粒になり過ぎているような気がするが、そんなことはどうでもいいことだ。日本にここまでミュージカル文化を根づかせたのは「四季」の功績なのは間違いない。そして私は「四季」という名前を聞くたび、甘ずっぱいような照れたような気分になるのである。

何度か話したと思うが、うちの母は「田舎のインテリ」で、貧乏をしていても文化的なものにはかなりお金を遣ってくれたと思う。甲府の文化会館にやってくる劇団民藝や文学座といった芝居やミュージカル、ボリショイバレエ団の公演もみんな行かせてくれた。中でも私が大好きだったのが、「劇団四季」の公演であった。かなり昔のことなのでほとんどの公演を忘れてしまったが、「泥棒たちの舞踏会」という演《だ》し物だけはよく憶えている。なぜなら公演のロビーでソノシートを買い（昔のＣＤと思ってください）、飽かず聞いていたからである。

「愛されて、愛し合って、それで二人は幸せよ、昼も夜も、夢みごこちの、年もハタチの同い年」

おお、なんという若い時の私の記憶力であろうか。メロディと共にはっきりと詞も浮かんでくるではないか。踊りの振りだって、ぼんやりと思い出すことが出来る。ああ、なんて素敵なミュージカル、私も舞台の上で歌って踊りたいわ〜、などとちょうど「コーラスライン」の登場人物のようなことを考えていた私。

高校を卒業する時、私の中である夢が生まれた。それは「劇団四季」に入って、舞台女優になりたい、という夢なのである。

その頃大学受験のまっただ中であったが、第一志望はとても受かりそうもない、という状態であったろうか。私の中で妄想は膨らむ。映画やテレビと違って、舞台だとそれほど美人でなくても大丈夫そうである。それに私は昔から、背も高く声も大きい。訓練してもらえば、将来「個性派女優」ということでやっていけるのではないだろうか。

私はさっそく東京の劇団にも話し、願書の用紙を送ってもらった。そしてすべての書類を整え、出しにいくという間際、私は迷いに迷ったのである。

私の住む小さな町の駅の、あの赤いポストを私ははっきりと思い出すことが出来る。茶封筒を持ったまま行ったり来たりしている十八歳の私。太ってしゃれっ気ひとつない。眉は抜いたこともなくぼさぼさしている。そして毛玉だらけのセーターにズボン(ジーンズではない)。典型的な、いやかなりひどいレベルの田舎の女の子。

ポストの前で私は本当に迷った。あれほど迷ったのは人生で初めてではなかったろうか。

「人生はチャンスだ。もしかしたら私は、女優としての素質を持っているかもしれない。誰も気づいてくれないそれを、今自分で掘り出すのだ。第一歩を踏み出すのだ」

というえらく昂ぶった気分と共に、次第に醒めていくものがある。どう考えても、この私が、何十倍という劇団の試験に合格するとは思えなかった。素質があるかもしれない、キラリと光るものがあるかもしれないって? よく言うよ。いったい誰がそれを見つけてくれるのよ。

あの判断は正しかった。あの時願書を出していても書類審査で落ちていただろう。

が、あの自惚れが今ではいとおしい。若さというのは途方もない夢を抱くことだ。そして自分のことを冷静に見つめる力も芽生える十八歳。私はポストを五周して帰ってきたのである。

甘い記憶

初夏と青春の季節は、いつも固く結びついている。

中学生の五月とはまるで違う、高校生の初夏。大人として扱われることの晴れがましさととまどい。そして恥ずかしさは、甘い汗のにおいとも重なる。

何度もお話したと思うが、私は憧れの高校に進学した。その地方きっての名門バンカラ校は四分の三が男子である。各中学から選び抜かれたトップクラスの女生徒が、入学してくるのだ。

しかし学校側はわりと冷たい。

「お前らのせいで、男子生徒が何人も落ちるんだ」

という空気が漂っている。

「その代わり、お前らは男子生徒に奉仕しろ」

という思いが、炊き出しに表れる。高校総合体育大会の前、各運動部は特訓に入る。その間、女の子は毎日放課後におにぎりをつくらされるのだ。そもそも女生徒が少ないために、女子の運動部はふたつしかない。女子生徒はものの数に入っていないのだ。今考えると、とんでもない男尊女卑の思想で、現代ならジェンダーフリーとかにひっかかるだろう。しかし昔の女の子は、そういう役割分担に文句ひとつ言わない。毎日せっせとおにぎりをつくるのである。

全校生徒がお米二合と、梅干し五個を持参していくからすごい量だ。それを調理実習室の電気釜で炊き、熱々のご飯を手にのせる。

みんなそれぞれ、野球部やラグビー部、テニス部のエースの姿を思い浮かべて、ご飯をぎゅっと握る。昔の純真な少女だけが味わった、奇妙なエロティックな気分を、私はずっと憶えていることだろう。好きな男のためにつくす、という行為を、あの時に叩き込まれたような気がする。

私たち一年生の女の子が作業するさまを、生徒会の女子役員たちが見守っている。彼女たちは凛として本当に素敵だった。選挙で選ばれた、エリートの女生徒だ。翌年一流の大学へ進む優等生たちだから、とても知的な風貌をしている。私は運動部のスターと同じくらい、副会長のA子さんに憧れていた。日本的なうりざね顔が涼やかな印象で、きちんと上までとめたブラウスのカラーがいつもきちんとしていて真白だった。

彼女が私のことを知っているはずはない。生徒会のオリエンテーションで、私が一方的に彼女を見ただけだ。

そのA子さんが、おにぎりをつくっている私の傍につっと立った。

「シャツの袖が下がってるよ。まっと上げなさい」

「まっと」というのは、甲州弁で「もっと」という意味である。私は驚いた。駅前で育っている私はめったに耳にしない、古い甲州弁だったからだ。

「私が上げてやるけんど、いい?」

なんと彼女は、かなりきつい方言を使うではないか。

「はい、お願いします」

私は腕を差し出した。制服のブラウスの袖を、彼女は丁寧に折ってくれる。が、私は恥ずかしさのあまり真赤になった。毎日ブラウスは替えているのであるが、汚れがしみついていて、袖の裏側に小さな黒い三角形をつくっているのだ。

しかし彼女は表情を全く変えず、私の袖口を折ってくれた。白い横顔が綺麗だった。早く大人になりたいと激しく思った。十六歳ではなく、十八歳になりたい。そうしたら、こんな風に落ち着いた大人の女性になれるのではないだろうか。

校庭は若葉でおおわれ、私はいつもうっすらと汗をかいていた。そして十八歳になる道のりがはるか遠くに思われた日は、もはやずっと後ろの遠くにある。

つい先日、サイン会をしていたら、ひとりの女性が名刺をくれた。一流銀行の名と調査部という部署が著されていた。

「母が高校で、ハヤシさんの二年先輩だったそうです」

名刺に書かれたメモによると、銀行員の彼女は「東大を出たバリキャリです」とある。私はA子さんの娘のような気がして仕方がない。もしそうだったら、小説のような話になるのだけれど。

誤解

私はとても社交的と思われているようであるが、人間関係がとてもヘタな方だと思う。

うちの夫に言わせると、

「キミみたいな人が、人間関係ヘタ、なんて言うと人に笑われるぞ。自分のことがまるでわかっていない」

そうだ。

しかし夫のように偏屈で、見るからに不器用で人間関係がヘタそうな人間は、それはそれでまわりが納得してくれる。が、私のように一見人間関係をうまくやっていそうな者は、相手から期待されることも多い。華やかなサークルをつくりそうに思われる。

しかし私は、他人に対してとても警戒心が強く、距離感がうまくつかめない人間だ。最近こそトシの功というやつがあるが、若い時はどれほど失敗したことであろう。あまりにも近づき過ぎたため、お互いに「顔を見るのもイヤ」と憎み合ったこともある。ついこのあいだまで、狡猾な人たちは、私にどう言えばいちばん傷つくか知っていた。それは、

「本当はみんな君のこと、すごく嫌ってるんだよ」

というやつである。私はその脅しにのって、相手のいうがままになったこともある。とにかく私は嫌われまいと、他人に気を遣ってばかりいる。いや、いた、というのが正しいだろう。最近の私は、年齢とキャリアにふさわしい、ふてぶてしさを身につけているからである。

が、いうまでもなく若い時は違っていた。

「人に嫌われたくない」

「仲間はずれにされたくない」

このことばかり考えて生きてきたような気がする。

私の家が駅前にあったことは何度かお話したと思う。みながどこかへ出かける場所である。私はここで知らなくていい、たくさんの秘密を見ることになる。甲府へ遊び

に出かける同級生たちを見たこともある。私を見るとバツが悪そうな顔をして、そそくさとホームに出ていった。

それよりももっとショックだったのは、冬休みスケートで出かける友だちを見たことだろう。スラックス（当時はそう呼んだ）をはいて、スケート靴を持ち、楽しそうに駅前広場に集まっていた。そのグループの中にA子の姿を見た時、私は何ともいえない気分になった。彼女とは最も仲がいい友人だと信じていたからである。

「B子のせいだ」

甲州弁で〝ちょびちょび〟という言葉があるが、B子はぴったりの女の子であった。落ち着きがない、という意味であるが、とにかくよく喋りよく動く。ちょっと可愛い顔をしていたため、男にも女にも人気があった。しかし私は、彼女の明るさにどこかわざとらしい、演技じみたものを感じ、あまり好きになれなかったような気がする。このB子はクラス替えになったとたん、お嬢さまでおっとりとしたA子にやたら接近してきたのだ。おそらく男の子たちから「連れてくるように」という要請があったからだろう。

男の子を交えたスケート行きの七、八人の中に、B子を見、さらにA子を見た時、私はとても嫌な気分がしたものだ。

その年、大事件があった。スケートの人気地だった有名な湖の氷が突然割れ、何人もの人が死んだのだ。スケートをしていた最中、突然氷が割れたというから怖ろしい話だ。

私はその時、しんからぞっとした。あのグループを見た時、

「氷が割れて、みんな落ちればいい」

と一瞬思ったからである。

あの頃、友人の動向を探り、一喜一憂していた。時には人を呪ったこともあるし、泣いたこともある。こんな私が大人になって、どうして人間関係のうまい人間に思われるのだろう。

キャンプファイヤーの後で

今から十七、八年前の話になるであろうか。結婚する少し前のことである。あの頃、私は非常に焦っていた。何に焦っていたのかというと、私はこのまま結婚しないで生涯を終えてしまうのではないかという焦りである。

このエッセイを続けて読んでいただければわかると思うが、私は田舎出身のとてもコンサバな人間である。自分が結婚もしないで、子どもも産まずに死んでいくかと考えると、ぞっとするほどの恐怖を憶えたのである。

その時私は仲のいい友人と一緒に、借りてきたビデオを見ていた。今でもつき合っている彼女は、私と同い年でマスコミの仕事をしている女性だ。東京生まれで、私よりもずっとリベラルな考え方をしていた彼女も、やはり結婚について思うところがあったに違いない。彼女もビデオを見て、私と一緒に涙を流したのである。

どういうビデオかというと、「懐かしの歌」といった内容だった。私たちが高校時代の映像と歌を流したのだからもうたまらない。中でも一番効いたのは、ワイルド・ワンズの「想い出の渚」であった。若い人は知らないと思うが、

「君イを見つけた〜この〜渚に〜」

という歌い出しで始まる当時の大ヒット曲だ。「わー、懐かしい」と歓声を上げ、二人とも踊り出した。肘を曲げ、腕を左右に振る当時の踊りで、画面は昔の高校生が映っている。キャンプファイヤーで花火を上げている。そして海辺を走っている。それを見て、私はもう踊ることが出来なかった。そしてその場から動けなくなった。

「私たちって……」

つぶやいた。

「私たちって、どうしてこんな風に生きられなかったんだろう」

キャンプファイヤーするところまで同じだった。けれども私の同級生たちはほとんど結婚し、家庭を持っている。健全な高校生から、健全な大人になっているというのに、どうして私たちだけ、ふらふらしているんだろうという思い……。彼女もポロポロ涙を流しながら言った。

「私だって、こんな風になるなんて、高校の頃は想像もしなかったのにイ……」

本当にキャンプファイヤーと「想い出の渚」は独りもんにはつらかったのである。ところが、高校生の頃、実は私はキャンプファイヤーを体験していないのである。クラブ活動をきちんとしたことがないので、合宿に行ったことがない。けれども、夏休み同級生と遊びに行ったことは何度もある。

今だったらそんなことは許されないと思うのだが、仲のいい十数人ぐらいで話をまとめ、担任の先生に頼むと、先生がマイクロバスを出してくれたのである。お弁当を持っていろんなところへ行った。私たちは山の子だったから、海へ行きたがった。確か伊豆へドライブした記憶がある。みんなジーンズをはき、Tシャツに当時流行のピースマークの模様があったかもしれない。

私たちの高校は成績別にクラスを分けていたため、私たち並クラスには、格別の秀才はひとりもいなかった。しかしスポーツ好きの気持ちよい男の子ばかりで、私は漠然と、彼らのひとりと結婚するのではないかと思っていた。いや、そういう言い方は正しくない。あの頃私は、たぶん自分はこういうタイプの男と結婚するだろうなあとぼんやりと考えていた。田舎の気のいい男。東京の二流の私大を出て、都会でちょっと勤めた後に山梨に帰ってくる。そして生まれ故郷で平凡な穏やかな家庭をつくる……私はそういう彼らの妻になるに違いないと……。

ところが彼らは大学を出るなり早々と結婚した。相手は都会で知り合った女の子たちだ。そのたびに私はかなり裏切られた思いになった。本当に取り残されたような気がした。「想い出の渚」の画面には、私を裏切ったたくさんの男の子たちが映っていたのである。

いったい誰と

愛知万博へ行ってきた。

名古屋の超VIPの方にお供したので、いくつかの企業館はどこも特別待遇。長時間待っている人たちにすまなさでいっぱいになった。

「私、万博はこれで三回目ですよ。大阪万博、つくば万博。あの大阪万博の時もすごかったわよー」

と秘書のお嬢さんに言ったら、

「私、大阪万博の頃は生まれていませんから」

そりゃそうだ。今から三十五年前の話である。あの年に生まれた赤ん坊が、人の親になっているだろう年月だ。私はヤケになり、

「こんにちは〜、こんにちは〜、世界の国から〜〜」

とあの時のヒット曲を歌い、一行の失笑を浴びたのである。

しかしこうして人の波の中を歩いていると、当時の興奮がまざまざと甦ってくる。私は高校二年生、修学旅行の中に万博が組み込まれていると知った時、どんなに嬉しかったことだろう。長い行列を耐えるために、折り畳み式の椅子を持っていった。その前から始まった甲府の「信玄公祭り」を見に行った時のお土産である。

今ではレジャー用品の店やスーパーでふつうに買える折り畳み式の椅子であるが、三十五年前はかなり珍しかった。中年の担任教師に譲ろうとしたところ、

「校長先生に勧めなさい」

と言われたことを昨日のことのように思い出す。

しかし思い出せないことがある。私は修学旅行中、いったい誰と行動を共にしていたのだろうか。

このエッセイでも何度も書いているとおり、私は非常に姑息なところがある少女であった。女の子のグループからはみ出して生きていくことが出来ない。そのためならどんなに卑怯なこともする。

中学生の頃はひどかった。典型的ないじめられっ子の私は、修学旅行前にふと思った。旅行中べたべた一緒にいる女友だちがいないのだ。これは私にとって一大事であ

る。恐怖ともいっていい。

そこで私はどうしたかというと、ふだんは鼻もひっかけなかったA子に急接近するのだ。勉強が出来ず、服装がだらしないA子は、なんとはなしにクラスのアウトサイダーであった。私もアウトサイダーであることには変わりはないが、まあ図々しいことを言わせてもらうと、やたら目立つために男の子に嫌われている側面を持つ。いわばBクラスの嫌われ者が、Cクラスの嫌われ者と手を結ぼうというのだ。これはA子にとってても悪い条件ではなかったらしく、すぐにとびついてきた。こうして私たちは修学旅行中、まるで以前からの親友のようにぴったりくっついて歩いていたのだ。ところがこのA子には、B子という仲よしがいた。このコも成績が悪くA子しか遊ぶ友人がいなかったため、当然ひとりになる。明日帰るという日、よみうりランド会館の二段ベッドの中で、B子は激しく泣き出した。当たり前だ。三日間の修学旅行中、彼女はほとんどひとりぼっちで行動していたはずである。当然のことながら非難は私に集中した。

「あんたって本当にひどい人ね」

この中学の時のことははっきりと記憶しているのに、高校の時に誰とくっついていたかはほとんど記憶にない。本当に不思議だ。

おそらく適当にやっていたのではないだろうか。中学校の時に比べると、私はかなりふてぶてしく、かつたくましくなっていたような気がする。

初めての化粧

A子さんが死んだというニュースを、最近母から聞いた。

「まだ五十代だったのに……。あの人も本当にかわいそうな人だったねえ……」

A子さんは、私の家の隣りに住んでいた。田舎の駅前の商店街。その中で人目をひく大きさなのは、「清水屋」という菓子屋である。私の小説にしばしば登場する老舗の菓子屋だ。といっても、小さな町のことだから、名店といった類のものではない。それでも当時、町の人たちのお使いものはここの生菓子であった。私の母の実家である。私の幼い頃は祖母が生きていて、ゴッドマザーとして睨みをきかせていた。この祖母は早くして未亡人になり、この菓子屋を女手ひとつで盛りたててきたのだ。結構財産もあり、この菓子屋の隣りに三軒の貸家を持っていた。その一軒が私の家であり、A子さんが暮らしていた靴屋だったのである。

私より三つ年上のA子さんは子どもの頃から人目をひく美人で、私たち子どものリーダーであった。ちょっと気が強いところもあり、何度か泣かされたことがある。

彼女は地元の高校を出ると、東京の化粧品会社に就職した。ある日私が店番をしていると、A子さんがやってきて東京土産をくれた。お菓子ではなく、上に砂糖がかかったパンであったが、とてもおいしかったのを憶えている。たぶん私の母が餞別を渡し、そのお返しということだったのだろう。

彼女はやがて地元に帰ってきて、なんと四度結婚する。どの男の人もあまり働かないようなタイプだったそうだ。死ぬ間際まで、スナックのホステスをしていたそうだから、そう幸せな人生だったとはいえまい。

A子さんが亡くなったという話を、幼なじみのB子にしたところ、

「えー、うそー。そんなー」

と大声をあげた。町きってのお嬢さまだったB子とA子さんと、どういう接点があったのだろうかと首をひねる。それほど彼女の反応は大きかった。

「マリちゃん、憶えてないの？　私たちに生まれて初めてお化粧してくれたのがA子さんだったんだよ」

あー、そうかと私も大きな声をあげる。

昔、資生堂は全国の高校をまわり、卒業近い女生徒のためにお化粧の講習をしてくれたのである。今だったら公立の授業時間を割いて、一企業のために使うなんてと問題になるだろう。いや、それ以前に、今どきの女子高生に向かって、「美容講習」などとは、「今さら」と嗤《わら》われるであろう。けれども昔の女子高生はそれこそ眉も剃ったことがない子ばかりであった。美容師たちは心得たもので、百人近い女生徒の中から、顔立ちの綺麗なコを二人選び出す。化粧映えして「ヘンシーン」の効果があるコである。もちろん私が指名されるわけもなく、友人が変わっていくのを見ていただけだ。

その話をA子さんにしたところ、「じゃ、私がやってあげる」ということになったのである。

B子と二人、彼女の家に行き、まず顔を洗うことから始めた。そして眉のカット。

「マリちゃんの眉、すごいね。おじいさんの眉みたいだよ」

濃く太い私の眉は、それこそ伸び放題でふさふさしていたのである。

A子さんが死んだと聞いて以来、朝、化粧をするたびに、あの時の声が甦る。今、中年になった私の眉は、細く薄くまばらになっている。昔は太く濃い眉が嫌で嫌で仕方なかった。多過ぎる髪も嫌だった。が、そうしたものは年々少なくなっていく。かって自分を悩ませていたものが、あっけなく消えていく不思議さ。確実に年をとっていくことの不思議さのその隙間に思い出はしっかりと巣をつくる。

「初めてお化粧をしてくれた人のことを忘れるはずはないわ」

B子は言ったものだ。

私の方程式

「博士の愛した数式」という、小川洋子さんの小説を読んだ時、つくづく惜しいことをしたなあと思った。

数学の楽しさも面白さも、ついに出会うことはなかった。私の人生の中で、「数学というのは、苦しめられる本当にイヤなもの」として、この先も変わることはないんだろうなあ。

数学の時間、「落ちこぼれた」と、はっきり自覚したのは高二の時であった。授業中、先生の言っていることが全く理解出来ないのだ。何度もお話していると思うが、私は地方の進学校の「文系私大コース」に入っていたので、「数Ⅲ」には触れていない。高三の時は数学の授業がなかったと記憶している。

つまり高二までに「数Ⅱ」をちょっとさらっておけばそれで済んだわけだ。しかしこれがむずかしい。だいたいにおいて、勉強の嫌いな生徒は数学が嫌いである。ひらめきで何とかなる現国などと違い、数学は緻密な努力をコツコツ積み重ねていかなくてはならない。私の最も苦手とするところだ。やがて公式がむずかしくなってくると、全くお手上げ、という感じになってきた……。

「答えが〇になることを証明せよ」

と求められることも高度になってくる。付け焼き刃でどうのこうの、という話ではない。

そして最悪のことが起こった。期末試験問題を見て私は愕然とする。全く手がつけられないのだ。解くための公式も浮かんでこない。必死で知っている限りのことを思い出して、途中まで解こうとした。その努力が認められ、〇点でも仕方がない、と諦めていたところ、十八点という答案用紙が返ってきた。そして次の試験は二十数点。今はどうだか知らないが、三十点以下の答案というのは「赤点」と呼ばれ、成績表にも赤で記される。

そしてある日教師が言った。

「数学の四回のテストで、赤点を取り、合計点が百二十点以下の者は、冬休み補習授業をする」

その日から眠れない日が始まった。うちの高校の女生徒は、各中学校からよりすぐりがやってくる。よって誰もが成績がいい。おそらく赤点を貰っているのは私だけだろう。幾ら計算しても、私の数学の点数は百二十点に届かない、百十点くらいであった。

落ちこぼれの男子生徒に混じり、私がたったひとりで補習を受ける。ぞっとするような光景であった。おそらくいろんなことを言われるだろう。

「あんなにバカとは思わなかった」

と言われないまでも思われることは間違いない。地元の放送局でＤＪをしたりして、何とはなしに校内の有名人だった私にとって、最悪の事態になりそうである。

私は本当に悩みに悩み、友人のひとりに打ち明けた。特に仲がよかったわけではない。彼女もそう成績がよくなく、数学が苦手だと知っていたからである。

「えー、私も実は百二十点以下なの」

彼女がそう言ってくれた時、本当に嬉しかった。一人ぼっちの補習からは逃れられる。勇気が出てきて、この勢いで先生のところへ行った。何とか補習も勘弁して欲しいと、彼女と二人で頼みに行ったのだ。

「補習するなら、とっくに通知がいってるよ」

と数学の教師が笑い、キャーッと私たちは手を取り合って喜んだ。やはり女の子には可哀想だと、点数をまけてくれたのである。

やがて私は大人になり、理系のサラリーマンと結婚した。すべてがちゃらんぽらんでいい加減だとしょっちゅう思われる。私に言わせると、夫は暗く融通が効かないタイプだ。しかし本当のことを言うと、あの数字に苦しめられた高二の時、私は夢見た。結婚相手は数学の好きなオリコウな人にしようと。それは一応かなったことになる。だからいろんなことを我慢しなければと思う。

楽しさの報酬

先日、何回か新聞広告企画で「働く」ということについてインタビューを受けた。ふつうに企業で働く、ということは人が生きていく基本で、それをハナから否定するようなことは好きではない、といったようなことを喋った。新聞に出たせいか反響が意外なほどあって、

「ハヤシさんって、ものすごくまともな人なんですね」

「こんなにコンサバな人だとは思わなかった」

などという読者からの手紙が何通か届いたほどだ。そして私は、ちょっと気恥ずかしい思いをしている。

「私にこんなにえらそうなことを言う資格があるんだろうか」

生まれて初めてしたアルバイトは、高校時代、葡萄園でのジベ作業である。都会の

人は知らないだろうが、種なし葡萄は最初から種なし葡萄のわけではない。まだ小さな果実の時に、ジベと呼ばれる特殊な液にひたすのである。この作業は晴れた日を選んで、いっきに行わなくてはならず、よって多くの人手を必要としたのだ。

高校に入学してしばらくたった頃、同級生の男の子が何人か早退することに気づいた。

「どうして早く帰るの」

「オレたち、今週はジベをやらなきゃならん」

葡萄の産地、勝沼地区から通っている男子生徒だ。面白そう、私もやってみたいと、そのまま彼の家についていったのが始まりだ。午後いっぱい働いて、夕ごはんをご馳走になり、千二百円ぐらいお金を貰ったと記憶している。同級生の家からお金を貰うことに抵抗があったのであるが、

「ここらの取り決めで、高校生はみんなその値段だから」

と言われた。どうやら勝沼地区では昔から学生がするアルバイトらしい。毎年するこのジベ作業はとても楽しく、後に『葡萄が目にしみる』という小説のモチーフになった。

その次にしたのは、葡萄園兼ドライブインでのウエイトレス。夏休みの旅行に行く

ための資金稼ぎであった。鍋の洗い方が悪いと怒られたり、運ぶカツ丼をひっくり返したりと、いろんなことがあったが、社長の奥さんから次の年に電話がかかってきた。

「今年もまた来てくれるんでしょう」

母が大喜びした。母はずうっと私のことを「箸にも棒にもかからない娘」と案じていたからである。ジベ処理はともかく、食堂へ勤めたとしても、きっと相手方に呆れられるだけであろう。気働き出来ず、身体も動かないだらしない娘、というのが母の私への評価だったし、事実そうであったろうが、また来てほしいと言われるということは、ちゃんと役にたったのであろうと、母は胸を撫でおろしたに違いない。

そして二年後、大学進学のために上京した私は、さっそくアルバイトを始めた。学校の近くの書店で働いたのであるが、これが本当につらかった。万引き防止のために、じーっと立っているだけ、という仕事である。本でも運ばせてもらえば、まだよかったかもしれない。目の前の時計をじーっと眺めては、五分過ぎた、六分過ぎたと心の中でため息をついた。

このつまらなさに比べて、キャンパスは楽しいことばかり。毎日のようにコンパのお誘いがある。よって私はバイトをしょっちゅう休むようになった。

そしてある日、社長に言われた。

「もうやめてくれない」

　この時はかなり自己嫌悪にかられたものだ。他人からはっきりと「あんたはいらない」と言われたのは初めてだったからだ。が、これから三年後、就職活動をする私は、数十社にのぼる会社から「あんたはいらない」と言われた。書店のクビの場合は、まだ理由がはっきりしていたから傷が浅かったのかもしれない。

　そして十年以上がたち、作家になった私は、ある出版社のパーティに出席した。廊下を歩いていた時、中年の女性に話しかけられた。

「ハヤシさん、憶えている。あなたがバイトしていた書店の者です」

　あの社長の奥さんであった。私は恥ずかしさのあまり「ああ、どうも」と口の中でもごもご挨拶し、逃げるように立ち去った。

　全く「働く」について、私など何も言えない立場である。

林真理子　高校文学部の作文

不思議なこと

県立日川高校三年　林真理子

三日月の日に打ち上げられた
ロケットは
いったいどこに
止まるのでしょう
遊園地のすべり台のように
つるっとすべって
宇宙へ落ちていったら
どうしましょう

恋をしているあの人は
どうして
ため息と涙でいつも
顔をくもらせているのでしょう

――文学部文集「文園」三十四号より（昭和四十六年度）

わたしの好きな人たち

山梨県立日川高校三年　林真理子

歴史物語や伝記を読むと、教科書の中ではコチコチの石膏像のような人々が人間の暖かさを持って、非常に身近に感ずることができる。もちろん小説には、作者の主観やフィクションが多分に入っているが、いろいろな本や資料からその人の人柄や生活を想像するのは、とても楽しい仕事だ。そして私は何人かの心ひかれる人に会う事ができた。

藤原道長さん。この人はすぐ「此の世をば……」という例の歌が浮かんできて、高慢な人というイメージがあるが「紫式部日記」を読む限りではとても人のいいおじさんである。念願の孫が生まれて大喜びで、抱き歩いてばかりいるからよくオシッコをひっかけられる。すると濡れた着物を火ばちで乾かしながら、「うれしいよう、孫ができたからこそこうしてオシッコをひっかけられる。」などとつぶやく。また天皇行幸の際、嬉しさのあまり酔い泣きしたり、娘にからんだりするのを読むと、無邪気といってもいいくらいである。

紫式部は彼にスカウトされて、彰子に仕える身分だからそう悪い事も書けなかっただろうし、こうした事もこの権力者の一面かも知れないが、私は道長という名前を聞く時、なぜか幼い孫をあやしている目のショボショボした平凡な一人の老人を連想してしまう。それは打算的な政治家などという形容詞から遠く離れたものである。

彼の祖先の藤原鎌足さんも私は好きだ。彼にもクーデターを実行した冷酷な政治家というイメージが強いが、万葉集にみられる彼は、男らしい魅力がある。「われはもや　安見児得たり　皆人の　得がてにすとふ　安見児得たり」というこの歌は、荒々しくて、それでいて道長と同じような稚気をのぞかせた男の愛情というものをよく表現して私が大好きなものである。

ここで思い出す歌がある。与謝野鉄幹の「われ男の子　意気の子　名の子　つるぎの子詩の子恋の子　ああもだえの子」というこれまた有名なものだ。つまり軍もすれば、詩もかき恋もする。これが本当の男の魅力だとするのは古代も明治も同じだったのだろう。現代はどうかそれは知らない。

鎌足に限らず、万葉の人々、飛鳥、奈良初期の人々は非常に魅力的である。後の時代、支配者によって人々の縄となった仏教も儒教もこの時代はそこまでいってなかった。ものの本によると、この頃の住生活や食生活は驚くほど現代に似ていたらしい。そのためか人々は大らかで情熱的である。女性の方から堂々と求愛し、天皇から平民まで切々たる恋の歌を読む。それらは、現代にひけをとらない程大胆で顔を赤らめてしまうようなものが幾らかある。

額田大王は典型的な万葉女性だろう。彼女は言うまでもなく、天智帝、弟の天武帝から愛された女性だが、三角関係という言葉で表現するのには彼女はあまりにも悪びれず、深刻ぶったところがない。

「あかねさす　紫野行き　標野行き　野守りは見ずや　君が袖振る」

この歌から何ものにも束縛されない、おのが意志のままに生きる彼女を想像できはしないだろうか。確かに彼女は魅力的だったのだろう。彼女は壬申の乱の一要因だという説があるが、うなづける話である。

ところが、平安時代になると彼女のような魅力的な女性は、ぱったりと姿を消す。時代というものに原因するのかもしれないが、「源氏物語」に象徴されるその頃の女性の、あまりにも受動的で自分というものを持たない様子にはイライラさせられる。理解できない。寝殿造りの豪華絢爛たるリカちゃんハウスの中にいる人形のようだ。しかし更級日記の中で、作者はあの可憐な少女時代、ああ私も夕顔や浮舟のようになりたいといっている。

一番悲劇的な運命をたどるこの二人は当時の女性から見てそれほど心ひかれる存在だったのだろうか。私はむしろ彼女達の作者の方に、ずっと人間的な魅力を感ずる。紫式部という人は私の想像するに、少々欲求不満気味のあまり美人ではない未亡人だ。非常な生まじめの中にあの膨大な恋愛小説を書いた情熱がある。もちろん彼女には高い知性と教養があるから、自分を抑えて和泉式部のようにスキャンダルめいた事は起こさないが、しかしそれは隠しおおせるものではない。彼女の日記の中で、夜殿上人が若い女房の部屋へ行く沓音が聞こえると、彼女は過ぎ去った青春を懐しんだ歌をよみ、もう恋などと縁がないことがいかにも残念そうである。

また道長が深夜、彼女の部屋をたたく章がある。これは彼女にとってはまさに大事件であるはずなのに、この章は短く返答歌の他には、彼女の気持は全く書かれていない。道長からの昨夜の態度をなじった歌の返事に、彼女は、あなた様はおたわむれになったんでしょう。私はひどく困惑しましたわといいたげであるが、私は今をときめく道長さまの心をとらえたわ、私もまだすてたもんじゃないわと言った彼女の本心が、何も書かれていないゆえに感ずるのだが、こんな考えは下司の勘ぐりというもので偉大な作家を冒瀆するものだろうか。

ある教師が言った。本当に人から愛され恋愛している者には恋愛小説は書けない。それが書けるのは、失恋したものか恋を知らない者だ。書くことによって現実でありえない事をしだいに美化していくのだと。彼女の場合もこれにあてはまるのではないかと私は思う。中流以上の貴族である受領の娘に生まれ、夫とも死に別れた彼女は、高い身分の美しい男女のきらびやかな恋を描くことによって、現実では満たされない一つの理想の世界を自分で築きあげていったのだと思う。

彼女よりもう少し前の時代の蜻蛉日記の作者は、理想をつくり出すより現実をふみしめる事によって満たされぬものを晴らしている感じである。

最初私は彼女に良い印象を持っていなかった。教科書で初めて彼女の日記に触れた時「かたちとても人にも似ず」という箇所があった。容姿が人並みでないということだ。そういえば彼女の肖像画は鼻がポッテリしていてどうしても美人とは見えない。何だか私に似ている感じで非常に親近感を持った。

そして授業時間いろいろな彼女の身の上を想像してみた。彼女は美人ではなかったから求婚者がなく、父の倫寧が無理矢理押しつけたのだろう。だから兼家はしょっちゅう外で浮気をしてくるのだ。私もこんなふうになるのかしらと思ってその時間はだんだん気がめいってきてしまったりもした。それほど私は彼女に同情していたのだ。

ところがその次の日のことだ。先生にさされてマゴマゴしている私に隣の席の人がサッとトラを渡してくれた。そんなものを一度も持ったことのない私は、非常な興味をもって答え終わってからもそれをながめた。すると彼女の説明にこう書いてあった。

「人にも似ずと謙遜しているが、実際は本朝第一美人三人のうちの一人と伝えられる」

これを読んだ時の私の失望、信じていた友に裏切られた思いだった。

「なんていやな女なんだろう、美人でも性格が悪いから夫に嫌われるんだザマアミロ」と全くムチャクチャな事を考えたりした。そしてこの私の浅はかな子供じみた考えは、夏休み彼女の日記の全部に触れることによって消えてしまった。

夏の長い一日は彼女の悲劇について十分考える時間を与えてくれた。それは私が考えたように彼女が悪いのでもなく、そうかといって兼家が悪いのではない。男と女の本質的な違いから来るものなのだ。兼家の好色さもこのころの時代の男性としては普通の事だろうし、彼は彼なりに彼女を愛していたと思う。しかしそんな夫を理解することも許すこともできない彼女の気持ちもわかる様な気もするのだ。彼女はあまりにも潔癖すぎたのだ。あまりにも自分の気持ちに忠実すぎたのだ。

　このどうすることもできない二人の葛藤は現代なお続いている。新聞の身の上相談などでこの種のものはよくお目にかかる。今からおよそ千年以上も前の人間と同じことを悩んでいるのだ。こうしてみると、人間の感情というものは、これからも変わることはないのだろうと思う。


　私は女性だから、やはり強い女性に会うと嬉しくなる。そして思うことだが歴史の変わりめには必ずといってよいほど女性が登場してくる。北条政子・日野富子・淀君などだ。この三人に共通して言われることは、悪妻、わがまま、ということだがそれゆえに私は彼女達、特に北条政子が好きである。日野富子は弁解の余地なく悪女の仲間入りをしてしまっているが、政治上のやり方はともかく彼女ほどの母性本能は誰でも持っているものではないだろうか。

　それにひきかえ淀君は芝居や小説で可愛い憐れな女という良い方に解釈されてきた。そして北条政子は今まで少し不当な扱いをされてきたようだが、最近ある女流作家によって新しい解釈がなされてきたようだ。

その中の、彼女が頼朝の愛人を家来によって襲わせるところを読んで、私は一遍に彼女が好きになった。なんて自分の心に正直で、激しい人なんだろうと思った。自分の心に正直ということはわがままと言われるが、この時代にあって、とても難しい事に違いない。その小説によると政子は婚礼の夜、ひそかに逃げ出して頼朝のもとへ走っていくのだ。これはいかにも小説くさいが、政子には頼朝と結ばれる前に婚約者がいたのは事実らしい。それにしてもまだ平氏の時代、伊豆へ流されていた源氏である頼朝と結ばれるのは並たいていの勇気ではできない。私は頼朝以後、彼女にまつわる黒い説をきっぱり否定したい。彼女ほど自分の心をあらわに出す女はとうてい真の政治家にはなれないのだ。

強い女ということでは同じ時代に生きた静御前も同じだろう。義経は色の白い美男子というのは定説だが、平家物語によると、背の低い出っ歯だったそうだ。それが本当なら二人のロマンスは半減するが「しずやしず」と頼朝の前で歌った彼女は立派と言わなければならない。テレビなどでこの場面になると私はつい泣けてしまうほどだ。

こうした強い源氏側の女性に比べて、平家の女性達は典型的な平安の女だろう。「女人平家」などを読むと、清盛の六人の娘達は実に優雅に貴族的に育てられたらしい。ゆえに彼女達に、関東育ちの政子のような強さがないのはあたり前かもしれない。

しかし私は歴史という大きな河にもろく流されていった彼女達に、どうしてもやりきれないものを感じる。それは何のかんのといっても結局この世界を動かしてきた男に対する、女である私のひがみから来るものだろう。

だからこそ、私は強い人、自分の心に正直に生きようとする人が好きだ。他人の犠牲となって自分の感情を、おし殺してしまうような優しさや思いやりも好きだけれど、自己を貫こうとする激しさや強さの方が、もっと好きだ。しかし、日本という国は、「義理と人情を秤にかけりゃ義理が重たい男の世界」と唄にもあるように、自分の感情を隠し他人のために奉仕することが美徳だと考えられていたように思う。そういう風土の中で育った私は、やはり他人の目を意識しながら小さく生きていくのだろうか。自分の意のままに生きる力強さが私にあるだろうか。

ふと空を見たくなって窓をあけた。秋の夜の星は美しい。星というのは何億とあるそうだが、そのうち光って見えるのは幾つもない。歴史に出てくる人々というのは光る星であろう。私は長い間星空を見つめていた。考えることもなく、音もなく、時というものを全く感じなくなった瞬間、私は好きな人達、紫式部や北条政子らが、何百年か前に私と同じように星空を見つめただろうと思った。十二単衣を着た彼女らが几帳のかげから星を眺めているありさまが、はっきりと目に浮かんできたのだった。私は息苦しいほど過去の重みを感じた。そして今私は、過去から未来へと一本の線のような、この宇宙の原則である時の流れというものを思った。それは不思議な感動だった。

北条政子の事など誰にもわかりはしない。優しい女だったか強い女だったかなど故事をいくらひっぱり出しても、それは本人しかわからないことだ。けれど一つ大きな事実がある。彼女は生きていた。道長も静御前も平家の女達も、せいいっぱい生きぬいて一つの人生をつくりあげていった。そして今、真夜中星を見つめる私だけが生きている。私の一生など歴史にのりはしないだろう。目に見えない小さな星で終わるだろう。それでいいと私は思った。

秋の星は美しくて飽きることを知らなかった。

——文学部文集「文園」三十四号より（昭和四十六年度）

青春の落とし物

無邪気な春

昔は四月になると、電車や街中で「上京したて」とすぐにわかる学生が目についた。野暮ったい服装や、不安げな表情が特徴だった。今、そんな若者はひとりもいないだろう。

私が高校生の頃、東京へ行くというのは大イベントであった。親の了解を取り、あれこれ計画し、前日は緊張のあまり眠れなかったほどだ。たった一時間半の距離にもかかわらずにである。

けれども最近の親戚の子どもたちを見ると、いとも簡単に、コンサートだ、買物だと気軽に東京へ行く。山梨だけではなく、地方と東京の距離が縮まっていくばかりであろう。

さて、十八歳で私は上京し、大学生になった。そしてテニス部に入ったのである。

この時の心境を問われると本当に恥ずかしい。運動神経の全くない私が、どうして同好会ではなく、ちゃんとした体育会系のテニス部に入ったかというと、

「大学生・青春・テニス」

という図式が出来上がっていたのである。

やがて願いどおり私の「青春」が始まった。そして私は同じ部の女の子たちと姉妹のように仲よくなり、みんなから「可愛い、可愛い」と言われたのである。他の部室に連れていかれ、

「ね、ね、このコ、可愛いでしょう」

と紹介されることも多かった。男の人から言われたことは一度もない。考えるに（考えるまでもないか）、この「可愛い」というのは外見ではなく、あまりにも純情で子どもっぽい、という意味であったらしい。つまり田舎っぽいということであるが、私の場合はその様子があどけない幼い感じだったようだ。

「あなたみたいな性格だと、世の中渡っていけないわよ。人にきっと騙されるわよ」

とよく忠告された。その可憐な女の子が、やがて人の心の裏表を意地悪く描く小説家になるのだから、本当に歳月は面白いものである。

さてある日、私の下宿にテニス部の部員が集まってお喋りを始めた。そして恋の話

になったのであるが、昔の大学一年生だからそりゃあ可愛いものである。

女優志願の演劇学科の美女、A子でさえ、

「高校の時、男の人にこんな風に言い寄られたけど、断ったわ。お母さんが今は勉強だいいちって言うから」

といった程度のものだ。

中でちょっと色っぽいB子がこんなことを言った。

「店の従業員のひとり（彼女のうちは大きな商店を経営していた）が、酔っぱらって私のおでこにキスをしたことがあるの。そうしたらね、次の日頭を丸めてきたのよ。そこまでしなくてもいいのにって、びっくりしちゃった」

そして私の番になった時、私は困惑した。皆に自慢することも、打ち明けることも何ひとつないことに気づいていたからである。

そのとたん、私はわーっと泣き出したのである。

「私って、何にもないの……。みんなみたいなこと何にもないのよ」

しゃくり上げる私を、友人三人はしきりに慰めてくれた。

「大丈夫、大丈夫。マリちゃんにもきっとステキな人が現れるわよ。きっと何か起こるわよ」

それでも泣きじゃくる私。

やがて春が終わり夏になっていくと、テニス部の中でカップルがいくつも生まれていく。美女A子は四年生の部長とつき合うようになり、同じく一年生の女の子たちも、それぞれ同級生や上級生たちとカップルになっていく。私は誰からも声をかけられず、相変わらず「子どもっぽいマリちゃん」であった。もうこの頃になると「可愛い」などと誰も頭を撫でてくれなくなる。みんな自分たちの恋に夢中になっていった。

母の願い

少し前にNHKで「夢みる葡萄」という、私の原作のドラマが放映された。私の母をモデルにしたもので、戦前の文学少女の様子が描かれている。

かなり脚色されているというものの、菊川怜さん扮する主人公の、向上心、聡明さというのは心打たれることが多い。わが母ながら、

「この時代に、これだけのことをするなんてすごいじゃん」

と思ってしまう。それと同時に、

「これだけの女の人が、私のような娘を持ってさぞかし無念であったろう」

と心のうちもわかるのである。

戦前の女学校で教鞭を取っていた女性だったから、たったひとりの娘に対して、多くの理想や夢を持っていたに違いない。けれども出来上がったのは、不細工な箸にも

棒にもかからない娘である。中学、高校時代の私の姿を思い浮かべると、我ながらぞっとする。このエッセイでも何度も書いているが、そりゃあひどいものであった。フケだらけの制服は、背中のあたりに白い輪が出来ている。クリーニングしても落ちない程の汚れだ。全く恥ずかしい話であるが、スカートに生理の汚れがついていても、

「黒いからそう目立たない」

と本人は平気だった。中学の時と比べてそう嫌われもしない。ちょっと変わった面白いコ、けれども絶対に主役にはなれないコ、それが私である。

何年か前〝パシリ〟という言葉が流行った時、これは私のためにあるような表現だと実感した。使いっパシリ、家来その一、いいように使われる女。そのくせ、恋愛に対する憧れがひといちばい強く、人のそういうことにクンクンと鼻をつっ込むのだから始末に負えない。自分が何とか仲介出来ないものだろうか、二人の間に入り込めないだろうかと、姑息な手段を取るのである。

大学三年の時、A子というクラスメイトとやたら仲よくなった。彼女は地方の金持ちの娘で、都心のマンションに部屋を買ってもらい、同い年のイトコ（男）と暮らしていた。ここに毎晩のようにいりびたり、酒盛りをしたりマージャンをした。彼女は

私に言った。

「ねえ、私のイトコのために、誰か紹介してよ」

私はよせばいいのに、同郷の友人B子を連れて遊びに行くようになった。楚々として可愛い彼女を、イトコはすぐに気に入ったらしい。が、ここで問題が持ち上がった。B子はイトコの方ではなく、マージャン友だちとして出入りしている、C君という早大生を好きになったようなのだ。後に商社マンになるC君はとても素敵な男の子で、実は私も心を寄せていた……。

ここまではよくある青春の一ページであるが、私たちのサークルがいっきに砕けることが起こった。イトコとC君とが、なんとドライブがてら山梨のB子の家までやってきたのである。

自分をないがしろにされた思いと、ボロい実家を見られたという恥ずかしさで、私はすっかり腹を立て、そして混乱した。そしてB子をそそのかして、もうサークルから離れるようにしたり、A子の方に、

「本当はあの子は、C君が好きなの」

と告げ口したりして、大層暗躍した。うちの電話にそれこそ半日かじりついた。母はずっとそばにいたわけではないのに、私が何をしていたかは充分にわかったらしい。

「マリちゃんって、いつもそんなにみっともないことしてるの」

哀し気に、本当に哀し気に言った。

あの時の母の気持ちが、私はよくわかるのである。

初恋の人

初恋の人、というのは、いったいいつ頃のことを言うのであろうか。

よくアイドルたちが、いかにも〝さしさわりなく〟といった感じで、幼稚園時代好きだった男の子の話をする。そして「私の初恋の人です」とつけ加えるのであるが、本当であろうか。

私は「初恋の人」というからには、はっきりと異性としてとらえていること、もっと端的に言うと性を意識していることが条件なのではないかと思う。

現代の子どもだったら、多くが高校時代に初体験を済ませているそうなので、このあたりが「初恋の男」ということになろうか。いや、性体験をしているならば「初めての男」と言った方が正しい。「初恋の男」というからには、もう少し淡い不器用なものが必要なのではないか。

大学生になり「青春しよう」と身構えていた時、テニス部の部長で三年生のTさんに出会った。すらりとした長身に、端正な顔立ち。何よりもテニスがとてもうまく、部のトレーナーを務めていた。私はひと目で心を奪われていたのであるが、私は〝分〟というものを心得ていたと思う。

高校時代、私はモテたことがあるだろうか。ノーと私の中で答えが出る。それだったら、あんなに素敵な人が自分を好きになってくれるはずはない。そしてこういう時、自信のない不器量な女の子が必ずする手段を私も使った。つまり「一方的に慕う妹役」を一生懸命演じたのである。

当時Tさんは、大学近くの下宿に住んでいた。今から三十年前、東京の都心でもボロっちい平屋の建物はいくらでもあって、離れや一室を学生に貸していたのである。Tさんは、それこそ今にも壊れそうな古い日本家屋の離れに住んでいたと記憶している。私の下宿からも近い。お風呂はなかったけれども、二間あってトイレが付いていたから大層広く見えた。よくコンパの会場にもなっていたものだ。

私はとにかく「可愛らしい妹」となって、しょっちゅう彼の部屋に遊びに行ったものだ。もちろんひとりではない。同じテニス部の一年生の、A子やB子を誘っていった。何年か前、実家へ帰ったらA子からの古い手紙を見つけた。

「人を好きになるって、本当にステキなことですよね。マリちゃんもTさん、がんばって。私もKさん、がんばります」

まあ、当時の大学生の幼さといったらどうだろう。

が、幼いながらに私は策略をめぐらしていた。拾った仔猫を抱いていったこともあるし、酔ったふりをして甘えたこともある。

あれは秋のことだった。いつものように一年生の女の子四人で彼の下宿で遊んでいたところ、突然訪問者があった。綺麗な大人っぽい女であった。当時は女子大生と社会人とのファッションの区別がはっきりあって、彼女が勤めていることはすぐにわかった。それだけではない。彼女の化粧はかなり厚く、口紅さえつけたことのない私から見て、不潔極まりなかった。彼女はTさんのことを「Sちゃん」と親し気に呼び、夕飯の仕度を始めるではないか。

「さ、じゃ、そろそろ」

Tさんはギターを置き、私たちに帰るよう促した。その悲しさ、口惜しさは昨日のように憶えている。

そして次の日の朝、私は学校へ行く前に回り道をして、Tさんの下宿の前まで行ってみた。ドラマの一場面のように、ちょうど彼と女が出てくるところであった。「泊まったんだ」と絶望が私を襲った。「Tさんって不潔」と口に出して言った。今思うと、私もこのドラマを演じていた。脇役でもいいから出演したかったのである。

後年、講演先のTさんの故郷で、彼とお酒を飲んだ。あの女性と結婚し、子どもも二人いるという。

「高校の同級生で彼女は東京で美容部員をしていたんだ。あの頃、東京の女の人はみんなカッコよくてとても近寄れなかったよ」

そういうTさんは未だにハンサムで、私は何も起こらなかった過去がやっぱり淋しかった。

アパート住まい

三十年前の学生というのは、たいてい貧しかった。みんな同じように貧乏だったので、みじめに感じたこともない。

大学生の時、地方の不動産屋のボンボンがいた。大学に自分の車で乗りつけ、遊び方もそりゃー派手だった。彼に仕送りが二十万円あり、八万円のバストイレ付きの部屋に住んでいると聞いた時は、そりゃあびっくりした。当時学生の仕送りの平均は、三万円から四万円。家賃は風呂なしトイレ共同で八千円から一万円というのがふつうではなかったろうか。

今思うとみんなボロいところに住んでいた。あの頃は木造のアパートはいくらでもあったし、大きな家に住んでいる人は、離れを学生に開放していた。同じテニス部にいたシナ子さんは、美術学科の学生だったが、郊外の新築の家の二階を借りていた。

小さな子どものいる夫婦がローンを返すため、二階を学生に住まわせていたのだ。もちろんトイレもお風呂も一緒である。色っぽい美人だったシナ子さん。二十歳の若いコと同じ風呂を使ったりして、そこの家の主人は冷静でいたんだろうか。今なら絶対にそんなことはしないだろう。奥さんはパートに働きに出ても、他人を狭いわが家に住まわせたりはしないはずだ。あの頃、住まいに対する知識は、今の人たちとまるで違っていたような気がする。プライバシーという言葉も聞いたことがない。咳をすれば隣りに聞こえるようなアパートに住んでいたから、みんな仲よくせざるを得ないのだ。

先輩は古い木造の四畳ひと間に住んでいたけれども、チェックのカーテンや小物を飾って、それは可愛く住んでいた。揃っている「りぼん」を読みたくてよくいりびたっていたけれども、狭いと感じたことはない。

しばらくすると隣りの部屋の学生たちが麻雀を始める。やがて壁をドンドンと叩く音、

「じゅんちゃーん、何かつくってよー」

「いいよー、焼きうどんでいい」

先輩はフライパンを取り出し、ゆでたうどんと野菜を炒め始める。ソーセージもち

ょっぴり入っておいしそう。私もおすそ分けにあずかり、そしてまた「りぼん」を読みふける。あの四畳は本当に居心地のよい空間であった。

そして私はといえば、その頃四畳半のアパートに住んでいた。平屋の汚いアパートで、大家さんが建て替える際はすぐ出ていくという条件がついていた。住んでいるのは女の子ばかりで、池袋という土地柄、本当によく痴漢が出た。私は夜中、隣りの女の子に泣きつかれてパトカーを呼んであげたことがある。

山形出身の彼女は、真白い肌にピンクの唇と、少女マンガに出てきそうな美少女であった。中央大学の二部に通い、公認会計士をめざしていた。山梨の高校の同級生が、同じように中央の二部に進学して、その紹介であった。そして彼女とは、それこそ姉妹のように仲よくなり、どんなことも喋った。

彼女が憧れの先輩と初体験を済ませる時も、私は隣りの部屋にいた。帰ってくると、真っ先に私の部屋にくる彼女が、その夜に限ってやってこない。人の気配がするのにヘンだなあと思ったところ、そうゆうことがあったという。その話を聞かされた時はちょっとショックだったかもしれない。

彼女はこの先輩に捨てられるような形になり、すぐに大学もやめた。そしてどこかに引越し、音信も不通になった。三年ほどして、早朝彼女は私の部屋のドアを叩いた。

同棲中の彼と大喧嘩して飛び出してきた。東京で知っているところといえば、マリちゃんのこの部屋だけだもん、と言って泣いた彼女に、コケシのようなおもかげはなかった。あのアパートは、私になんとたくさんのドラマを見せてくれたことか。

屈辱の日々

あのあんみつ屋で、どうして働くことになったのか。まるで憶えていない。友人に紹介されたわけでもなく、学校の掲示板に求人が貼ってあったわけでもない。たぶん店の前の張り紙を見て、飛び込みで行ったのだろう。

この頃から私は、自然に、

「女子大生募集」

という類のものに、自分は応募してはいけないということを知りつつあった。女子大生と銘うつからには、水準以上の容姿や華やかさを求めているのだ、ということは誰だってわかる。三十年以上前、女子大生はまだまだ希少価値だった。事実、この後のことになるが、私は「売り出し住宅清掃、受付けアルバイト、女子大生募集」というのに電話をかけた。コンパニオンをやるわけではなし、タカが売り出し住宅の清掃である。別にイヤなめに遭うまいと判断したのである。私の前にひとり女子大生がいて、ふたりで仲よく雑巾がけをしたりした。そして二日後、今度は近くの大学の学生がやってきた。わりと可愛かった。すると私は、担当の男に招かれてこう言われたのである。

「三人はいらないから、悪いけどやめてくれない」

単なるカワイコちゃんを使いたいというこのスケベ根性。今だったら立派なセクハラになるところではなかろうか。

話が大きくそれてしまった。とにかく私は「つらいめに遭いたくない」という防衛本能が働き、地味なバイトばかり選んでいたのだ。

さて、そのあんみつ屋はほんとうに地味なところであった。池袋の駅前の小さな店で、初老の夫婦がやっていた。主人は白衣を着て調理場だ。奥さんは眼鏡をかけた痩せた女性で、事務服を着てレジの前に座っていた。ここは不思議なバイト形態になっていて、高校生からおばさんまで、好きな日、好きな時間働くのだ。ふらっと行って、すぐ帰ることも出来る。みんな自分勝手な時間に来るから、全く暇な平日の昼間、狭い店にウエイトレスが六人も七人もいる、ということがある。そうかと思えば、忙しい日曜日に調理場、店、たったふたりずつでパニック状態になった。

私はウエイトレスではなく、調理場にまわされたのであるが、やがて古顔になり、社長の留守にフルーツあんみつを手がけるまでになった。これはウサギさんのリンゴが入るので、かなり技術を要するのだ。それとアンコを煮詰めたぜんざいも得意だった。これも鍋をゆすりながら水気をとばすので、難易度は高い。

が、私は常にトップの座に就いたことがない。社長から依頼されなかったわけだ。

毎日六時半頃になると、上からインターフォンがかかってくる。お手伝いのおばさんが夕食が出来たと知らせてきたのだ。奥さんとゆっくり食事をするため、社長は調理場を出て、二階の自宅へ行く。その際、

「よろしく、頼んだぞ。それから寒天の水を取り替えるように」

などと指示を出す。これを受けるのは、調理場の〝トップ〟のバイトである。古参が次々と辞め、次は私の番だと思った時、彼は別の子に向かって「よろしく」と言った。それは私よりずっと若い高校生であったので、かなりがくっと来たのを憶えている。私という人間は、本当に人から信頼されないなあとわかったのである。どうやら「頼もしい」「きちんとしている」イメージから対極にあるらしい。

夢のパリ

初めてパリに行った話を改めてしよう。

私は十九歳、大学の一年生だ。今から三十年以上前、海外旅行はぼちぼち普及していたが、大学生が行く、などということは非常に珍しかった。ましてやヨーロッパだ。パリから帰った直後は、あちらで撮ってきた写真は回覧され、ディオールの財布やランバンのスカーフというのは、それこそ人だかりがするくらい珍しがられた。田舎から出てきたばかりの貧しい学生の私に、どうしてそんなことが出来たのだろうか。

大丸デパートがパリに支店を持つことになった。それを記念して「一九七三年における若者の意見」という作文集をつくろうと計画したのである。上位十人はフランスにご招待ということで、確か原稿用紙四枚か五枚の応募規定だったと思う。

何を書いたかよく憶えていないのであるが、とにかく入賞者のひとりとなった。朝、新聞で私の名前を見つけた時の驚きと喜びは一生忘れないであろう。

「豊島区の林真理子ってあるんですけど、私のことでしょうか」

と主催者側に電話をかけたくらいだ。

けれども運の悪いことに、この直後に石油ショックが起こり、日本中が大騒ぎとなった。もうフランス旅行もなくなったのではないかと心配したところ、やや縮小され（と私は思う）パリに一週間ということになった。

あちらではパリ大学の学生との交流会もあり、かなり楽しかったと記憶している。それよりも七〇年代のパリのエネルギーとわい雑さは、私の心をとらえてしまった。世界中に「ストリーキング」が流行った頃だ。今の若い人は知らないだろうが、社会への反抗を込めて、若者たちが素っ裸で街を走り抜けるのである。

夜のカルチェラタンへ行くと、人だかりがしている。

「お前たち、いいところに来た。これから面白いものが始まるぜ」

男がニヤニヤしながら笑いかけたと思うと、確かに全裸の男が私の前を駆けていったのだ。大声で囃し立てる人々。知性と愚かさ、若さとがごっちゃまぜになった光景は、十九歳の私に強い衝撃を与えた。

そしてパリで二十歳の誕生日を迎えた。一緒のツアーの人たちが、シャンパンとケーキで祝ってくれたのを昨日のように憶えている。

私はアルバムに写真を貼り、その隣りにこんな文章を載せた。

「パリで迎えた誕生日。私は二十歳になりました」

二十歳になるのは何とはなしに予感出来たけれども、あっという間に三十になり、四十になるのは想像も出来なかった。私はずっと若く、さまざまな可能性に充ちていると信じていたのである。

「私、絶対にパリに留学する」

胸が張り裂けそうなくらい強く思った。

「ソルボンヌに留学するのだ。きっと私はこのカルチェラタンに暮らす」

が、私の野心はすべて長続きしない。なんとローンで買ったリンガフォンは三章から全く進まなかったのである。

大学を出た後、就職できない私は長いアルバイト生活に入った。そしてすることがないので毎日、友だちと手紙を交わした。同級生だった彼女は漫画家志望でせっせと投稿していたのだ。

「今にえらくなったら、二人でエールフランスのファーストクラスでパリに行こうね」

作家になってからこの手紙を発見した私は、いつものＪＡＬから、エールフランスのファーストクラスに席を替えたのである。ちなみにパリの大丸はもうない。

ひとつの選択

「三つ子の魂百まで」という言葉がある。

つまり、幼い頃に育った人格というのは、ずうっと持続していく、ということらしい。

が、これはあたっているところもあるが、必ずしも真実ではない。そうでなかったら、人は何のために成長しようとしたり、努力しようとするかわからないではないか。

思い出すたび、ギャーッと悲鳴をあげたくなるような記憶を、人はいくつも持っているものだ。その「悲鳴をあげたくなる」感情になるだけで、人間というのは変わっているものなのだ。

現在、私はさまざまな自分への戒めを持っている。お金のことや、人とのつき合い方で、絶対に人から後ろ指をさされまいと思う。不正なことや、卑怯なことは絶対にすまいと心がけているが、この私、子どもの頃、カンニングをしたことがある。それも結構狡猾なやり方だったので始末に悪い。

今の私は、かなりプライドが高くなって、

「どうしてこんな仕事、私がしなきゃいけないの？」

「テレビのバラエティ出演依頼？　やめとくわ」

などとエラそうなことを口にする。デビュー当時、色モノタレントのようにテレビに出まくっていたことを知っている人にとっては、笑い話であろう。

さて卑屈さ、ということにかけて、若い時の私は相当なものだったと思う。自分がいかに魅力がないか、よおく知っていた。本当にモテなかったからだ。前向きの女の子なら、少しでも可愛くなろうと努力しただろう。しかし卑屈な女の子は、二つの道しか選ばない。

ひとつめは、たとえセックスだけの仲でもいいから、男に近づいてきてほしいと思う。ふたつめは、美人の友人を利用しようと考える。

私はふたつめを選ぶ傾向があった。大学に入った時、すごい美人の友人が出来たことはお話したと思う。私は彼女ととても仲がよかったのだが、学校以外の場所で、よく彼女のことをちらつかせたものだ。

先日、Tシャツを着ようとして、ふとある記憶に思いあたった。一枚のしゃれたTシャツ、それは仔熊がラグビーボールを持っている、ある体育大学のラグビー部のTシャツだ。

夏休みに帰郷した私は、先輩がこれを着ているのを見た。

「いいな、いいな、これ、欲しいな」

親切な彼は、古いのでよかったら一枚あげてもいいと言ってくれた。どうやって受け取ろうということになったのであるが、彼は急に消極的になった。そりゃそうだろう。可愛い子だったら、チャンスとばかり、渋谷か新宿で会うことに決めただろうが、相手が私ではと彼は判断したようだ。そして世田谷の合宿所の近くまで取りに来てくれといったのである。

「だったら、すっごい美人つれてきますよ。一緒に行きます、めっちゃ綺麗です」

まるで女衒《ぜげん》のような口調になった自分のことを、三十年以上たった今でもはっきりと思い出すことが出来る。結局彼女は忙しく、別の女の子を誘った。夕闇の中、不機嫌そうに、門の前で立っていた大きな青年も、私は思い出す。

そう、あの頃から、私は人の心を読むのが、とても巧みだった。読み過ぎるから、ますますみじめさはつのる。人の顔色ばかり読んで、その一挙手一投足におどおどする。

そして中年になった私は、傲岸に顔を上げ、

「だからどうした」

とつぶやいている。

二十歳の私には決して口に出来なかった言葉だ。

酒に酔った夜

最近、お酒に酔っぱらう若い人をあまり見ないような気がする。

「そんなことはない。駅のホームや街角で、よくゲロゲロやってる若いコがいるよ」

という人もいるだろうが昔はこんなものじゃなかった。何といおうか、地方からいっせいに出てきた男の子や女の子たちが、解放感と高揚感を持って無茶な飲み方をし、それこそ失敗を重ねたものだ。あれを思えば、今の人はもっとお利口な飲み方をしている。

今から三十年以上も前のこと、田舎から上京して東京の大学へ通うというのは、それこそすごいことであった。昔の高校生はコドモで奥手だったから、東京へ来ると、それこそ目も眩むようなカルチャー・ショックというやつが始まるのだ。

だからみんな、競うようにしてお酒を飲んだ。酔わなければ損とばかりに、あおるように飲んだものだ。クラブの合コンの後、男の子たちがマラソンをしたことがある。少しでも酔いが早くまわるようにと、誰かが言い出したのだ。

　大学に入学してすぐ、館山のセミナーハウスにゼミキャンプに行った。夜は当然のことながら宴会であるが、女の子ははっきりと三つのグループに分かれる。ひとつは私のように、地方から出てきたばかりでおどおどしているグループ、もうひとつは東京出身の、垢抜けておしゃれなグループ、最後のひとつは、私と同じように地方出なのだが、やたら金持ちでやたら派手なグループである。この中にとてもコケティッシュなコがひとりいた。このコがどういうわけか、コテージでひとり一升瓶を飲んでクダを巻き始めたという。しかも暗いコテージの二階のベッドで、何人かの男の子とペッティングまがいのことをしていた（本当かどうか不明）というので、私は口をあんぐり開けたものだ。

「東京っていうのはすごいとこだなあ……」

　もちろん嫌な感情ではない。親から離れ、完全に解き放たれた思いである。私にもいつか、たくさんのアバンチュールがやってくるだろう。ものすごく大胆なことを、いくつかやってのけるに違いない。何人もの男の子と、相手かまわずキスしたりするのも、そう悪くないような気もする。何だかわからないが、めくるめくような（この言葉は、当時も今も大好きな言葉だ）ドキドキするような日々が私にも始まるのだ。

もちろんお酒の力を借りて。

あの頃、お酒が入るとよく女の子たちがごねた。

「まだ帰りたくない」

「どうせ私なんか……」

と言って、拗ねたり泣いたりするのだ。コンパが多くなる暮れになると、女の子がしゃがみ込んでしくしくやったりしている。それを辛抱強く介抱したり、めんどうをみるのは、彼女に気のある男の子と決まっている。そして彼女をアパートに送っていったり、自分の部屋に連れ帰り、その夜デキてしまう。つまり女の子が酔って泣いてぐずるのは、わけのわからない性的欲求のあらわれだったわけで、男の子もそれがわかっていたわけである。

私も同じようなことをしたかったのだが、誤算が二つあった。私はかなり酒が強く、初期を除いて、酔うということがほとんどなかった。ふたつ、私が酔って泣いたとしても、最後まで残ってめんどうみようという男の子などいなかったこと。私は雄々しく飲み、きちんと歩いてひとりで帰ってきた。

が、ある暮れのこと、いろんなことが重なり、ひどく酔って泣いた。泣いているうちにどんどん酔いはひどくなった。

「どうせ私なんか、私なんか……」

としゃくり上げた。あの時最後までいてくれたのは、小豆島出身のやさしい目をした男の子だった。もちろん彼とは何もなかったけれど、あの困惑しきったやさしい目を今も忘れない。恋とはほど遠いやさしい目。あれもかなりつらいものだ。

真夜中の散歩

以前、村上春樹の小説を評して、
「主人公たちが散歩ばかりしている」
という文章があった。これには笑ってしまった。昔の大学生というのは、本当によく歩いたものである。

十八歳で上京した頃、毎晩淋しくて仕方なかった。キャンパスで仲よくなった友人はみんな自宅通学で、夜は会えない。そうなると同郷の、かつての同級生たちが頼りになる。

幸いなことに、みんな西武池袋線沿線に住んでいたので、会おうとすればすぐに会いに行けた。といっても、携帯がない時代である。部屋に電話をひいている者も皆無であった。

それならどうするか。まずアパートを訪ねてみるのである。それも歩いていく。アパートのあかりを確かめ、もし灯いていたら中に入り、ドアをノックする。消えていてもそう心配することはない。あの頃の女子学生はめったに夜遊びをしなかったから、あかりが消えていればたぶん銭湯へ行っているのだ。二、三十分待っていれば帰ってくるはずであった。

なぜだか電車を使わず、本当によく歩いた。江古田から隣りの桜台まで歩くこともしょっちゅうであった。ノックをする。冬ならば友人はチャンチャンコを着ている。私も持っていた。故郷の親が手づくりで送ってくれるそれは、地方出身の学生のユニフォームのようなものである。そして友人はお茶を淹れてくれ、安いお茶菓子と一緒に、いくらでも喋ったものだ。

うんと遅くなると泊まっていくこともある。女の子二人、ひとつの布団で眠っても、少しも狭いと思わなかった。布団だけではない。三畳の下宿も、四畳半も、一度も狭いと思ったことはない。みんな工夫して、本棚と机を置き、可愛らしいものをあれこれ並べたものだ。「清貧」などというつもりはないが、私たちは、本当につつましく、そして幸せであった。そして同時に、なんと無警戒であったことか。真夜中の一時、二時でもひとりで歩きまわっていたのである。

　ある時、西池袋の友人のところへ出かけたことがある。今ではどうなっているのか知らないが、三十年前のあのあたりは、木造アパートが並ぶ淋しい住宅地であった。友人の部屋の電気が消えていたので、私は待つことにした。そのアパートの前は公園になっていたので、ひとりブランコに乗りながら待とうと思ったのだ。

　街灯ひとつない、暗い公園。手さぐりでブランコを探していた私は、ぐにゃりとやわらかいものに触れた。

「キャーッ！」

　大声を出す私。なんとそのブランコの上では、カップルがいちゃついている最中だったのである。

　大学一年生の終わり、ふとしたことで知り合ったA子は、地方の短大を出た社会人であった。美人であったが、すごい理屈屋で、桐島洋子さんに心酔していて、エッセイの切り抜きを見せてくれたりする。

「私はこう思うけど、あなたはどう思う」

　と議論をふっかけてくるのだ。

　彼女はかなり恋多き女性で、つき合っている恋人がいたにもかかわらず、自分より五歳年下の男の子とデキてしまった。彼も私と同じように、大学の新入生である。故郷の町で親同士が仲がよく、めんどうを頼まれていた青年と、性的関係を持ってしまったというのは、私にとってかなりショックであった。

「昨日も彼が来て泊まっていたのよ」

彼女の部屋は四畳半であった。よくこんな狭く、音がつつ抜けのところで、そんなことが出来るなあと思った。今まで、人のアパートが狭いなどと、一度も感じたことがなかったのに。

旅の後先

何度も書いていることであるが、私の青春時代は「卑屈」というふた文字がキーワードだ。

それほど強い劣等感を持っていたとも思えないのであるが、きらびやかなもの、美しいもの、強いものに憧れ、魅かれる。そしてその思いを単純に露骨に表現するため、相手に軽んぜられるのがいつものパターンだ。

大学に入ってすぐ、私はテニス部に入った。そこでの毎日は本当に楽しく、私は「マリちゃん、マリちゃん」と、皆に可愛がられ、コンパでも人気者だった。よく考えると当たり前の話で、無邪気で素直な田舎娘を、いったい誰が嫌うだろう。

テニス部のクラスメイトで、同い年のA子のことを既にお話したと思う。演劇学科に在籍した彼女は、目を見張るような美人で学内でも噂になったものだ。よく学内の自主演劇に駆り出されていたが、本人も自覚しているように滑舌が悪く、女優志望というのではなかった。演出をやりたいと言っていたが、東京のいいところのお嬢さんだった彼女にとって、演劇など所詮学生時代のひとときだけの興味の対象であったろう。

彼女は実によく私のめんどうをみてくれて、お節介といってもいいくらい、毎日私を連れ出した。私は彼女から東京の街の歩き方、水洗トイレの使い方（流して音を消すというマナーを知らなかった）、恋の初歩の手ほどきを受けたのである。

彼女は美しく聡明で、私よりずっと大人びていた。子どもの頃から習っていたテニスもうまく、私は「A子ちゃん、A子ちゃん」とそれこそ偶像視していた。仲がいいとか、気が合う、といったレベルではなく、彼女のような素敵な人が、どうして私なんかにこんなによくしてくれるのか、信じられない思いだったのである。

そして最初の夏がやってきた。彼女は私に一緒に旅行に行こうと提案した。行き先は尾道、津和野。実はテニス部で私が熱を上げていた先輩が広島出身で、帰郷中の彼もあちこち案内してくれるという。夢のような話である。私は旅行資金を出そうとアルバイトに精を出した。

ところがもうじき夏休みという時、A子がこう言ったのだ。

「私の上のお姉ちゃんが、留学中のパリから一時帰ってくるの。旅行の話をしたら、どうしても一緒に行きたいって」

嫌な予感がしたし、友だちからもやめた方がいいと言われた。女三人で行ってうまくいくはずはない。ましてやあちらは姉妹なのだ。あなただけが抜けて、二人だけで行かせれば……。本当にそうすればよかったのに、私はどうしても中止することが出来なかった。A子と旅行出来るならば、どんなことも耐えられると思ったのだ。彼女の姉は、半分外国人のようなドライな女性だった。旅の前半はうまくいったのだが、後半にアクシデントが起こった。大山《だいせん》に行った際、彼女たちは写真を撮ろうと、後ろ向きに歩いていた。そこに地元の若者の乗った車がちょっかいを出し、カーブを描いて走ってきたのだ。そのショックでお姉ちゃんの持っていたカメラがA子の頬にあたり、彼女は軽いケガをした。若者たちは降りて謝ったのだが、彼女たちは絶対に許さず、そのまま地元の警察署に駆け込んだ。このあたりが、東京の中流の女の傲慢さというか、情け容赦のなさで、私は心底怖ろしくなった。彼女たちは、後ろ向きに歩いていたことを絶対に言わず、「何も知らない」とうなだれた私を、ひたすら責めたのだ。

さらに地元の青年は留置所に入れられたと聞き、「可哀想」とつぶやいた私に、お姉ちゃんは怒鳴った。

「あなたは、うちのA子がこんなにひどいめに遭ったのに、よくそんなこと言えるわね」

そして旅の後半、私たちは決裂し、東京に帰ってからもそれは尾をひくことになる。私と彼女とはもはや前のような仲には戻れなかった。

そして十数年たち、作家になった私はこのことを短篇に書いた。医師夫人となったA子から手紙を貰った。あのことを、あなたがそんな風に見ていたなんてびっくりした。彼女の目に映っていた私は、のろまで、ひたすら自分を崇める十八歳の地方出身の少女だったのだろう。

年月が変えたもの

この頃ふと考えることがある。

青春の頃に戻りたいという人は、今があまり幸せじゃない、ということなんだろうか。それともうんと幸福な青春時代をおくった、ということなんだろうか。

私は昔より今の方がずっといい。なぜなら青春時代よりもはるかに恵まれているし、自分でも魅力的な人間になったと思う。物質的なことだけでなく、人もいっぱい寄ってきて親切にしてくれる。陰ではナンカ言われているだろうし、私を嫌いな人もいっぱいいるだろうが、面と向かって意地悪をされることもない。

何度でも言っているとおり、青春時代の私はただただババっちかった。おしゃれに縁がない、というレベルではなく、本当に汚らしかったのである。制服はてかてかアイロン光りし、襟のまわりはフケのために色が変わっている。ソックスは洗たくしたのがなくなるため、弟のものを失敬していた。いくらシャンプーしても、脂ぎった髪からはいくらでもフケが出てくる。髪といえば、私はどれほどコンプレックスに悩まされていただろうか。あまりにも硬く量が多いため、うなじのあたりが垂直になっているのだ。しかも離れた位置で。

授業中、退屈するとよく私は髪を切った。髪を一本抜き、下敷きの上で縦に切っていったのである。虫眼鏡なしでこれが出来たのだから、どれほど太い髪の毛かがわかるだろう。白い断面図を友人に見せたりするのである。

大人になってからも髪は太いままで、ある時特にぶっといのを抜いて、しみじみ眺めたことがある。指ではさんで持つと、ちゃんと直立するのである。

「それ、人間の毛？」

と聞いてきたのは、若き日の中野翠で、彼女はそれをエッセイに書き記している。よほど驚いたのであろう。

高校生の頃、「ＭＣシスター」という雑誌が流行ったことがあり、わずかに色気づいてきた私は、それを見るようになった。懐かしいアイビールックの雑誌である。その中に気に入ったヘアスタイルが出ていた。髪を真中で分け、左右をリボンで結ぶのだ。さっそく真似したところ、全く感じが違う。その時にわかった。

「私って額がすごく狭いんだワ」

髪が多いために、額が狭《せば》まっていたのである。美容院でカットしてもらうと、文字どおり私の前に髪の山が出来た。ショートカットにかかわらずだ。

「わっ、スゲえ」

ちりとりにまとめる時、男性の見習いが発した声を、未だに私は憶えている。

多いけれども硬く艶のない髪。まわりを見わたしてみると、キレイな女の子や人気ものの女の子たちは、たいていやわらかい細い髪を持っている。本や映画のラブシーンで男性は女の子の髪を撫でたり、顔を埋めたりする。が、私にそんな日がくるとは思えなかった。

「マリちゃんみたいな髪の人は、パーマをかけるといいのよ」

と教えてくれる人がいて、私はどれほどその日を楽しみにしていただろう。高校時代はパーマは禁止である。あの頃の女の子にとって、パーマは高校卒業と新しい人生を意味していたのである。

上京するにあたって、私は近所の美容院でパーマをかけた。しかし硬すぎてうまくいかず、こんな人は初めてとぶうぶう言われた。しかもヘタなカットのせいで、私の髪は見事におばさんと化していた。十八の女の子が、田舎のおばさんになったのである。

今、私の髪はとてもやわらかく細い。年月がこれほどたやすく人のパーツを変えるものかと驚くほどだ。今の方がずっといいと、私に思わせる理由のひとつになっている。

青春の落とし物

秋田の児童連続殺人事件の犯人とされる、畠山鈴香という女にとても興味がある。自分の娘にろくな食事もつくらず、二人でよく居酒屋で夕食をとっていたという。その時彼女は子どもに話しかけることなく、文庫本にふけっていたという。レディスコミックではなく、文庫本を読んでいたところが意外だ。

おそらく彼女は、自分の現実を飛び越え、遠い別のところを見ようとしていたのではないか。本が知性の糧となるのではなく、ただの手段だったところが、私とよく似ている。

本好きということだけでなく、この女、私といくつかの共通点があるのだ。すべてにだらしなく、家事能力がゼロだったという。中学校の時のサイン帳の寄せ書きを見て、私はぞっとした。私も似たようなことを書かれたからである。

おととしのこと、実家に帰ったところ、中学卒業時のサイン帳を見て、とても嫌な気分になった。子どもの憎悪に充ちた文章が幾つもあったからである。それは五十となった私の心を冷え冷えとさせるには充分であった。なぜこんなに嫌われることになったかというと、卒業間際に私が志望校を変え、ひとり抜けがけして分不相応の学校に進んだことも大きいと思う。仲がよかったと信じていた女の子からでさえ、「もう～、マリコにはさんざん虐められて、もう会わないかと思うとスッキリ」など書かれていたのである。東京に持って帰って捨てたが、とても暗い気分になった。今度の事件を見てつくづく思った。

「ひとつ間違えば、私も似たようなものだったかもしれない」

男性関係はあんな風なことはなかっただろうが、たぶんだらしなく、怠惰な母親になったことは間違いない。サラ金から借りまくって、とんでもないことになっていたような気もする。

それがどういうはずみか特殊な職業に就き、収入もふつうの人から見ればかなり多い。貯金は出来なくても、浪費をすることが出来る。自分は出来なくても、掃除や洗たくをしてくれる人を、お金を払って頼むことも可能だ。

私は運のよさと努力で、鈴香となるところを何とか免れたのである。と言ったら、

「その、努力出来たところがあの女とはまるっきり違うわよ」

と友人が褒めてくれたが、本当にそうだろうか。人間、努力するきっかけがつかめない人がいくらでもいる。タイミングといってもいい。そのタイミングをつかんだというのは、私の大きな幸運であろう。

十五歳の時に戻りたいかと問われたら、私は即座にノーと答える。デリケートといえば聞こえがいいけれども、私は本当に小心で傷つきやすかった。人に嫌われるのを怖がるあまり、いろいろ策を練り、そのためにますます嫌われることも多かったかもしれない。人の言葉や評判にいつもびくびくしていた。親友が欲しくて、いつも誰かにくっついて親友ごっこをし、恋をしたくてそのあたりをうろうろしていた。

十五の少女が毅然とナチュラルに生きられるはずもないけれども、それにしても私は卑屈であった。が、今はそれが私を作家という仕事に導いたと認識出来る。

私の高校時代、上京した頃のことをだらだらと書いてきたこのエッセイも、この章をもって終わる。

それにしても、青春時代というのは、なんと恥ずかしくてとてもみじめったらしさに充ちているんだろう。最後は鈴香という人さえ取り上げたからますます暗くなった。

しかしそのみじめったらしさを味わうのも時にはいい。

作家というのはこのみじめっぽさを反すうして生きていく仕事だ。つくづく私に向いている。

スペシャル対談

桃栗三年 美女八年、待てば綺麗の日和あり！

AKB48 大島優子

林真理子

国民的スーパーアイドルグループとして輝きを放つAKB48。2010年6月に行われたファンによる人気投票『第2回選抜総選挙』で見事に1位の座を獲得した大島優子さんが、これまでの道のり、家族のこと、そして未来について話してくれました。

〝みんな悩んで美女になった!〟。そんな教訓を実証するお二人が本音で語り合います。

林　AKB総選挙は、参議院選より盛り上がっていましたね。

大島　「政治よりも楽しかったよ」と言われることもありました（笑）。

林　2位から大逆転してトップ当選という、ドラマティックな展開でしたね。やっぱり、1位になると周りからの扱いは違ってくるもの?

大島　いえ、まったく変わらないです（笑）。雑誌やテレビなどで取り上げていただく機会は増えましたけど。

林　でも、舞台のセンターに立って歌うというのは、ものすごく気分がいいんでしょうね、きっと。

大島　どちらかと言うと恥ずかしいです。まだ落ち着かないというか……。特に総選挙のあとの初めてのコンサートの初日に、ソロで一番最初に舞台に上がったときは、超緊張しまくりました。

林　プレッシャーを感じているとか。

大島　自覚はなかったんですが、コンサートが終わったあと、急にどっと疲れが出て大変でした。林さんもそういう経験ありますか？

林　ストレスフルな時期はありましたね。昔、私が直木賞をとったときの映像を娘が見たらしく「ママって、朝青龍だったんだね」って言うの。

大島　朝青龍!?

林　まるまると太っていたうえに、ド派手な化粧。急に有名人になったストレスで、すさまじく食べたり、飲んだりしちゃってたんです。当時、バブルのせいもあって、夜な夜な遊びまわり、発散していたんだろうなあ。

大島　そうなんですね。やっぱり体は正直……。

林　そんな若いころからすごいプレッシャーを受けてしまって……。大島さんって何歳なんですか？

大島　21歳です。

林　え～！　この対談はアンアンに連載している〝美女入門〟というエッセイの文庫版に載

るんですが、この連載って、もう25年もやってるの。
大島　すごい、生まれる前からだ。
林　生まれる前！！！　私は10代、じゃなくて、3歳のときから鉛筆もってこのエッセイ書いてたから……（笑）。
大島　じゃあ林さんは、いま20代後半ですね。私と同じ20代（笑）。
林　そうそう（笑）。話を元に戻すと、AKBは秋葉原の小さな劇場からスタートして、NHKホール、代々木体育館、武道館と、どんどんコンサートのスケールが大きくなっていくわけでしょ。200人くらいのお客さんが次第に1万人規模に膨れあがる。昔、ユーミンが言ってたけど、武道館でコンサートをやっていると、観客が発しているオーラというか熱気の強さに背中を押されて、自分が倒れそうになったとか。そういうことを感じたりする？
大島　確かに武道館でコンサートをやったときはそうでしたね。武道館って客席が上のほうまであるから、歓声が降ってくるみたいで、うわあ、つぶされそうとすごく思いました。
林　でも、会場が熱狂の渦に包まれることは、快感でもあるわけですよね。
大島　気持ちはいいですけど、私たちがまだその大きさに追いついていけないというか。以前に横浜アリーナでコンサートをやったときに、あまりの広さにみんなポカーンとしちゃって、お客さんとの一体感を作れなかった。自分たちの実力のなさをメンバー全員が痛感しました。

芸能界デビューは小学生のとき。栃木から東京の劇団まで電車で通う日々。

林　いまや、日本を代表するアイドルグループになったAKB48ですが、大島さんご自身の芸歴は長いんですよね。

大島　7歳のときから東京のセントラル子供劇団に所属して、子役をやっていました。

林　自分で応募したの？

大島　いいえ、お母さんが「やってみれば？」って言うので受けてみたんです。当時は子供だったので、何も考えていませんでしたけど、演じることがすごく楽しかったので続けられていたんだと思います。12歳まで横浜に住んでいて、それから栃木に引っ越したんですが、学校が終わったあと、ひとりで東京まで通ってました。ローカル線の各駅電車で。

林　どんな番組に出てたんですか？

大島　月9（月曜夜9時）のドラマ『アンティーク～西洋骨董洋菓子店～』やケンタッキー（フライドチキン）のCMでRIKACOさんと共演させていただいたりしました。
林　へえ～。大島さん、目がステキだからね。大きくてピカッと光ってて、黒目がちで。ご幼少のころからさぞかしかわいかったでしょ。
大島　いえいえ。顔は変わらないんですよ、小さいころから。
林　きっと子供のときから整っていて、きれいな顔立ちだったんでしょうね。そのころのピュアな雰囲気が今も変わらず残っているから、たくさんのファンから愛されているのね。でも、小学生のころから芸能界に携わっていると、途中で大変だなと感じることはなかった？
大島　じつは、高校2年生のときに一度やめようと思ったんです。
林　どうして？
大島　そのころって、いろいろと進路を考える時期ですよね。専門学校とか大学とかに行くかどうかを決めなきゃいけない話になってきて、このまま芸能界でやっていくのは、ふわっとしすぎていると思ったから。
林　ふわっと？
大島　将来の保証が何もないじゃないですか。芸能界をあきらめて、福祉の専門学校に行こうと一度決めたんです。小学校のときから手話クラブに入っていたので、あらためて勉強し直して、手話通訳士か、介護福祉士になろうかと、考えていました。当時、お仕事のオファーをいただけるような感じではなかったですし。そこで、ラストチャンスと思って受けたのがAKB48のオーディション。これがダメだったら、私とは縁がない世界なんだろうと踏ん切りがつく気がしたんです。

「大島は芸歴が長いから伸びない」と言われた悔しさをバネにして。

林　それが見事に合格して、道が開けたわけですよね。でも、大島さんがAKBに入った当時って、アキバの劇場でライブを毎日やっていても、CDも今ほど売れていなかったんですよね？　正直、自分の選択は間違っちゃったかなと思うことも、あったんじゃない？

大島　うーん、間違ったとは思わなかったですけど、このグループはあと2年くらいで終わるんだろうなとは感じていました。

林　えー！　ほんとに？

大島　先が見えなかったので、なにも（笑）。
林　でも、プロデューサーの秋元（康）さんは、絶対に売れるからと皆さんを励まし続けていたんでしょう？
大島　でも、劇場公演以外の仕事はまったくなかったですし。
林　それでも、やり続けられた。
大島　歌って踊ることが好きだからかな。ダンスしているときが、何よりも幸せなんです。ファンレターで「あそこの踊りがよかった」なんて書いてもらったりすると、もっとダンスのレッスンがんばろうと燃える。体を使って何かを表現することが、気持ちいいんです。
林　わかる、わかる！　私もこの間、素人の集まりですが、ミュージカルに出させていただいたとき、舞台に立って拍手をもらったときうれしくてうれしくて。感激しちゃって涙が自然と溢れ出ちゃったんです。それを見てプロデューサーをしてくれた秋元さんも、もらい泣きしたって。もちろん大島さんとは比べものにならないけどね。ダンスの練習は独自でやったりもするんですか？　家でとか。
大島　はい、たまにしてますね。予習、復習はしっかりするほうなんですよ。
林　そういうひたむきな努力がファンに伝わっていったんでしょうね。人気がじわじわと出てきた感覚って、実感できるんですか？

大島　それは、感じましたね。シングルを出すごとに握手会を開催するんですが、来てくれる方が少しずつ増えてきた。メンバーが横並びになって、そこにファンの方が列をつくるので、誰が人気あるのかも見えてくるし。

林　うわあ、厳しい世界。中には閑古鳥が鳴いている人もいるわけね。

大島　はい……。私はチームKのセンターを任されていたおかげで、列に並んでくれたファンの方が多少なりともいてくれたのは、ありがたかったです。

林　ある記事で読んだんですけど、「大島は芸能活動が長すぎるから、これから伸びない」と言うスタッフがいて、大島さん、すごく悔しかったそうですね。

大島　ええ。長くこの世界に居すぎて、伸びしろがない、これ以上は芽が出ないと言われて(笑)。

林　それはちょっとショックですね。

大島　ショックです。でもまあ、負けないぞと奮起して、結果的にそれがバネになりました。

林　ファンはやっぱり男の子が主流なんでしょうね。でも、コンサートで男子たちがワーワー大騒ぎしすぎるから、女の子のファンが引いちゃうというか、近寄れなくなることはない？

大島 どうなんでしょう。ここ最近は女の子からの応援がぐっと増えてきたんですよ。だから、うれしい。

林 そういえば、ＡＫＢのおかげで制服業界が今、熱いみたいですよ。

大島 えー、本当ですか？

林 それまで制服って〝ダサい〟の象徴みたいにいわれていたけど、今では制服のない学校の子でもわざわざ買ってきて着ているみたいですよ。大島さんは学生時代、制服だったんですか？

大島 はい、制服でした。栃木の高校で。

林 モテてたでしょう。

大島 そんなことないですよ。男の子っぽい性格なので、男子からは友達としか思われていませんでした。

林 中学、高校のときに芸能活動して目立つと、女の子特有のひがみから意地悪されることが多いと聞くけど。

大島 へえ、そうなんだ。幸せなことに、私の学校はまったくなかったですね。みんな普通に「がんばってねー」と送り出してくれた。仕事で授業を早退しても次の日、同じ話題で盛り上がれたし。

林　クラスではどんなタイプでした？　学級委員タイプ、人気者タイプ、それともマドンナタイプ？

大島　うーん、自分ではわからないけど、友達は絶えずいました。あと、集会委員会の委員長をやってたかな。

林　集会委員会って？

大島　文化祭や運動会など行事があるときにまとめる係です。「○年○組のみなさーん、こっちに集まってください」と声をかけたり、ゼッケンを回収したり。

林　面倒見がいいのね。ＡＫＢの年下の子に対しても、すごく優しい先輩みたいだし。

大島　いやあ、面倒見がいいわけではなく、単に仕切りたがりなんですよ（笑）。

ＡＫＢでは恋より仕事が１００％。今しかできないことをやる。

林　学生時代は存分に楽しめてた。でも、ＡＫＢは恋愛禁止で、青春ができないシステムなんだよね。

大島　はい(笑)。そのルールは、恋愛をすることで仕事に集中できない人が出てくるということからなんですが、その分、普通の生活では得られない経験をさせてもらっているわけだし。いつかAKBを卒業しなくてはいけない時期は誰にでも来るので、それまでは、チャンスを大事にしようと思っています。お姉さんチームであるSDN48では、何の規則もないんですよ。結婚しているメンバーもいますし。

林　そういうことなのね。でもさあ、音楽番組に出たときにかっこいいミュージシャンやアイドルから、携帯番号聞かれたりしてるんじゃない?

大島　ないですよー、まったく(笑)。

林　そうだ、AKBは集団で行動するから、男の子のほうが聞きたくても近寄れないわけか。それは残念よね。あっ、でも石川遼選手がAKBのコンサートを見たいって言ってたじゃない。

大島　そのコメントを聞いて、いちばん喜んだのがお父さんです(笑)。

林　実際に遼くんが見に来たらどうなるんだろう。コンサートのあと、主力メンバー5人くらいで食事に行ったりするのかも。

大島　いいですね!

林　そのくらいは、秋元さんも許してくれるわよ。

大島　でも遼くんは3歳年下なんですよねえ。

林　3歳くらいいいじゃない。

大島　年下はちょっと……。しかも、うちのお兄ちゃんに顔が似てるんです(笑)。

林　ご家族とは仲が良さそうですね。

大島　じつは両親が離婚しているんです。

林　……大変だったのね……。

大島　私が小学校6年生のときでした。お父さんとお母さんが別れると聞いたときは、辛かったけど、そのあと、お父さんと暮らすようになって、昔よりも仲良くなれたので良い面もありましたね。お弁当もよく作ってくれたし。

林　あら、それは素晴らしい。どんなお弁当だったの？

大島　すごく手が込んでいておいしかったです。冷凍ものは使わず、ほとんど手作りしてくれてました。お父さんは電気屋で働いていたので、保温機能がついたお弁当箱を買ってきてくれて、冬でもご飯とお味噌汁が温かくてうれしかったな。

林　お母さんがいなくても、ツライ思いをすることはなかったのね。お父さんっておいくつ？

大島　49歳です。

林　やっぱり、私より年下なのね(笑)。きっとハンサムなんでしょうね。

大島　そんなことないですよ。

林　似てるの？

大島　似てますね。

林　いいなあ、こんなかわいい娘さんがいるなんて。お父さんと一緒に買い物に行ったりするの？

大島　します、します。映画を見に行ったり、ショッピングに行ったり、お酒も飲むし。

林　でも、外歩いていたら騒がれちゃって大変なんじゃない？

大島　今はなかなかできなくなっちゃったけど。

林　無理だよね。今はちょっとコワいよね。

大島　でも、栃木に帰ったときは、まったく大丈夫です。

林　え、本当？　まさかこんなところを歩いているわけないと思って、気づかないでいるのかな、みんな。

大島　全然大丈夫。気づいてついてきたりする人もたまにいますけどスルーしてます。話しかけてこない限りは。

林　帽子被ったりとかして？

大島　帽子くらいですね。

林　親子でデートなんて、いいですね。お父さん、ＡＫＢ総選挙で1位になったときには、喜んでくれたでしょう。

大島　そうなんですけど「まあ、今までどおりやってください」って、案外冷静で(笑)。

林　会場には来てくれた？

大島　お父さんは来なかったんですけど、お母さんが来てくれてました。お母さんが観客席にいることは誰も知らなかったんですけど、なぜか新聞に載っちゃって。

林　へー。

大島　「自分で言いふらしたの？」って聞いたら、近くにいたファンの子に「優子ちゃんのお母さんですよね。おめでとうございます」と言われたんですって。

林　なんでバレたんだろう。顔が似てたから？

大島　そうみたいです。ブログで横顔とか載せてたんだけど、まさかそれでバレるとは思ってなくて。ファンの方から話しかけられたのを記者の方が見てて、それで。

林　お母さんって、きっと美人でしょ。

大島　はい、お母さんキレイです(笑)。

林　やっぱり！　突然変異で美女が生まれることはないんだ。でもさ、芸能人でも、よくお母さんが出てきて「えっ、なんでこんなお母さんからこんな美人が？」っていう方がいるけど……。あれって隔世遺伝なのかな。やっぱり、種のないところに美女は誕生しないんでしょうね。それにしても、トップを手にした最高の瞬間をお母さんに見てもらってよかったですね。でも、幸せな家庭に憧れたことはある？　まあ、なにが幸福かはわからないけど。

大島　やっぱり両親はそろっていたほうがいいとは思います。でも、お母さんは時々泊りに来てくれたりするので、寂しいことはないんですけどね。

林　こんなに素直でかわいい娘がいたらご両親は幸せよ。グレることもなかったでしょうし。

大島　あっ、グレましたよ。中学生のときにちょびっとだけ。学校へはきちんと行っていたんですけど、夜遅くまで遊んでいて、怒られたりしてました。でも、高校生になったら、すっかりまじめになりましたけど。

林　深夜まで遊んでるのがバカバカしくなったんじゃない？

大島　その通りなんです。学校でみんなと過ごしているほうが楽しいと思えてきて。

林　お友達がよかったのね。

大島　学校が終わったあと、仕事に行って、帰宅してからお父さんの手料理を食べてというのが、日々の生活でした。

嫉妬やイヤな気持ちは顔に出る。性格磨きこそ、美女の第一条件。

林 いろいろと悩んだことがあっても、結局は一番来たい場所にたどりつけた。以前に大島さんが「私は女優としてアイドルを演じている」とおっしゃってたのを聞いて、すごいと思ったの。

大島 私が歌に対して苦手意識を持っていた時期に、秋元さんからアドバイスをいただいた言葉なんです。それからは、肩の力が抜けて楽に歌えるようになりました。

林 やっぱり本職は子供のころからやっていた女優だという意識は強い？

大島 はい。女優業でがんばっていきたいですね。

林 そうだ。SMAPみたいに、AKBのみんながそれぞれドラマの主役をやって、コンサートのときに集まるというスタイルになるかもしれない。

大島 そうなったら、最高です。

林　大島さんは21歳ということでまさに青春真っただ中だけど、女の子だからお買い物は大好き？

大島　物欲はないほうです。あんまり興味がないというか。

林　そうそう。いまの若い子ってお金はあっても、ブランド品とかに関心がないみたいなのよね。

大島　お金は食べ物のほうに使うかもしれないです。友達と食事に行くとか。

林　〝トップさん〟だから、メンバーにおごってあげちゃうとか。

大島　いえいえ、普通に割り勘です（笑）。でも、ほとんど仕事中に食べることが多いので、メンバーとお店に行くことは少ないですけどね。

林　昔のスターみたいに、シャネルとかエルメスを真っ先に身につけたいという欲がないのかもね。みんなセンスがいいから、お手軽価格のファストファッションをかわいく着こなしちゃうし。「バーキン欲しいわ」とか、全然思わないでしょ？

大島　そうですね。

林　私が20歳のころは、第一次ブランドブームで、セリーヌやグッチなんかのバッグを持つのがステイタスだった。みんな必死でバイトして買ってたわけ。

大島　林さんも欲しかった派ですか？

林 エルメスのスカーフをこう巻くのがおしゃれとか、グッチの靴を履くのがいいとかが全盛だったのよ。中にはオジさんと援助交際してもいいから、○○のハンドバッグが欲しいとかいう人もいたわけ。

大島 へ〜。

林 でも、私は20代からちゃんと自分の力で買ってましたよ。援交の需要がなかったからかもしれないけど（笑）。当時は自分で稼いでブランド品を身につけるのが偉いと思われていたけど、今は誰もそう思ってくれない（笑）。若い人はブランド品を持つことに対して「それがどうした」っていう反応だからガッカリするわけですよ。

大島 うーん……。でもほかのAKBのメンバーは洋服を買うのが好きですよ。私が珍しいのかも。

林 じゃあ、何に一番お金を使いたい？

大島 旅行がしたいです。

林 どこに行きたいの？

大島 ヨーロッパとか、インド、あと韓国にも旅したいな。

林 仕事では海外にいろいろと行ってますよね。この間はロスでコンサートをしたんですよね。お客さんはどうだった？ 全員アメリカ人でしょ？

大島　はい。だからノリが全然違う！　はじめから最後まで、みんな「フォー！」とか叫んで盛り上がってるんです。

林　やっぱり男子ばかり？

大島　男子も女子もいましたよ。特に、女子は制服コスプレしてるひともいっぱいいました、ＡＫＢ風の。

林　それは楽しそう。大島さんは、やっぱり、ロスでも買い物はしなかった？

大島　はい（笑）。それよりも、ハリウッドのチャイニーズシアターで、スターたちの手形やサインを見たり、干上がった湖、エル・ミラージュを訪れたり、自分の目で見て感じるほうが好きなんです。

林　私もこの年になって思うけどさ、〝思い出にお金を使うこと〟が素晴らしいんですよね。うちの娘なんかはせっかくイタリア旅行に連れてっても、景色を見ないでずっと漫画『あたしンち』を読んでるんだから、お金をかけても無駄なんですよ。

大島　えー、そうなんですか（笑）。でも、私の友人でもディズニーランドに遊びに来ているのにゲームをやっている子がいました。

林　大島さんは自分の感性を磨くことにお金を使える人なんですね。そういった内面が豊かな女性は、魅力的だから。しかも、まだ若いから、お肌やプロポーションを整えなくちゃというあせりはないだろうし。キレイになるために、心がけていることってある？

大島　睡眠時間には気をつけていますね。５時間くらいはとらないと、疲れが顔に出ちゃうので。あと、疲れだけじゃなくて、性格とか顔に出ると思うんです。ひがみとか嫉妬とかも、すごい表情に出るんだなって。だから、自分がどういう表情でいるのかはチェックしています。

林　「嫉妬やイヤな気持ちは、顔に表れる」って、それは素晴らしい言葉ですね。でも、総選挙なんてやったりすると、グループ内で競い合うわけでしょ。ランキングが何位になったとか。

大島　ほんと、シビアです。

林　いがみ合っちゃって、靴にカミソリ入れられたり、トイレに呼ばれて髪の毛切られたりしてない？

大島　してませんよー（笑）。でも、たまに言い合いになったりはしますけどね。

林　私なんか絶対、最下位になりそうなタイプだからなあ。

大島　そんなことないですよ。

林　私がメンバー入りするのも大変だろうけど（笑）。でも、そう思うとさ、なんか悲しい、最下位の子って。

大島　最下位は発表されないんですよ。１０４人が参加したんですが、順位が発表されたのは40位まで。

林　そりゃあ、全員がランキングされたらキツイよね。学校だったら「おまえが一番嫌われてるんだぞ」っていじめられそう。

大島　いやだー（笑）。たとえ、嫉妬の気持ちが生まれても、他人と比べずに自分らしくいようと意識はしています。

林　でも、大島さんの場合も難しいよね。嫉妬される立場だから、嫌なオーラを受けちゃうかもしれない。

大島　受けても断固拒否します（笑）。嫌なオーラを感じたときは、とにかく対立しないように心がけていますね。バチバチとなると、どんどん居心地の悪い空気になり、気まずい関係になって、私自身がしんどくなっちゃう。嫌味な態度をされたときは「しょうもない人だ」と割り切れば、気にならなくなります。とりあえず、目の前にあることを楽しめる人のほうが勝ちだと思うから。

林　そのマインドが、ＡＫＢ全体に浸透していくんでしょうね。なんてったって、大島さんはランキングのトップ、級長だもんね。

大島　でも、１位になったからと言って、特別なことをしようとは思っていないんです。

総選挙はひとつのイベントであって、みんなが向上し合えるいい機会になることが大事。自分の中で変化したのは、今まで以上に仕事を楽しんで、がんばり続けようという気持ちがより強くなったことですかね。

林 ファンは敏感だから、AKB48のみなさんが一斉に笑顔を観客席に向けたときに、ウソっぽい、わざとらしい表情だったら、絶対にわかるんだと思う。大島さんがたくさんのファンからの支持を受けて1位になったのは、自然体のいい笑顔だったからじゃないかな。

大島 「笑顔を見てると元気がもらえる」とファンの方から言ってもらえることが、私の力になってもいるんです。今は、ドラマや映画、バラエティなど、いろんなお仕事をさせていただいているので、毎日がとにかく充実してます。その気持ちをたくさんの人に届けて、AKBの存在でみんなをハッピーにしたいから。

林 大島さんって〝元気いっぱいのかわいいアイドル〟だけでなく、セクシーで大人っぽい表情をされるときもあるんですよね。グアムで撮影されたDVDを見させていただいたとき、思ったの。

大島 撮影用のシャンパンを飲んで、ちょっと酔ってたからだと思います（笑）。

林 お酒は飲むほう？

大島 飲みますね。とくに梅酒が好きです。

林　じゃあ、今度ぜひ飲みに行きましょう。

大島　お願いします！　林さんはお好きなほうですか？

林　はい。でも、最近、加圧トレーニングのあと飲みに行ったりするので、血流がよくなりすぎて、すぐに酔いがぐるぐると回っちゃって。

大島　すごい、トレーニングされているんですね。私も林さんを見習って、年を重ねるにつれてどんどん美女になれるよう、がんばらないと！

（2010年7月　東京にて）

本書は、２００７年１月に小社より刊行された『私のスフレ』を改題、加筆修正したものです。

マガジンハウス文庫

美《び》女《じょ》入《にゅう》門《もん》プレイバック
災《わざわ》い転《てん》じて美《び》女《じょ》となす

2010年8月26日　第1刷発行

著者　林《はやし》真理子《まりこ》
発行者　石﨑孟
発行所　株式会社マガジンハウス
〒104-8003　東京都中央区銀座3-13-10
電話　受注センター　049-275-1811
書籍編集部　03-3545-7030

印刷・製本所　中央精版印刷株式会社
本文デザイン　鈴木成一デザイン室
文庫フォーマット　細山田デザイン事務所
対談写真　天日恵美子

http://magazineworld.jp/

ISBN978-4-8387-7048-9 C0195